「悪くあれ!」窒息ニッポン、自由に生きる思考法

モーリー・ロバートソン

スモール出版

「若者」と「心が若者」の読者へ。
「生き方を変えるなら今日から」という刺激的なメッセージを
カラフルな言論と共にお届けする。

はじめに——見せかけの「一律」社会から逸脱するために

はじめまして、モーリー・ロバートソンです。職業は国際ジャーナリスト、DJ、ミュージシャン。最近、地上波テレビへの露出が増えているので、「モーリーは遅れてやってきた、大器晩成《たいきばんせい》」なんて言われることもありますが、自分の意思でメインストリームを外れて、アンダーグラウンドで活動していた時期が長いだけで、ミュージシャンとしてソニーからメジャーデビューしたのは18歳の時です。

僕の父親はスコットランド系アメリカ人ですが母親が日本人なので、子どもの頃から日本の学校に通っていました。とはいえアメリカで生活する機会も多かったため、少年時代は「それぞれの国で美徳とされることが違いすぎる」というギャップに苦しみました。そもそも日米両国の教育システムが違いすぎているし、文化があまりにも異なったのです。

とりわけ戸惑ったのが異性との交遊、男女関係。早く大人になることが奨励されるアメリカに対して、僕が10代を過ごした昭和の日本では「お見合い結婚こそが正しい結婚で、自由恋愛は進歩的な若者がするもの」ぐらいの認識でした。制服を着た高校生が商店街で手をつないで歩くなんてことは、断固として許されない。何もかもが、この延長線上で食い違っていた。「こっちの日常があっちでは非日常」で、サイケデリックなまでに環境が不条理に満ち満ちていました。

「この世界」と「この世界以外」の現実があって、両者をブリッジする必要があり、ある段階までは真面目にどちらかに合わせようとしたのですが、アメリカでは「しょせん東洋人」として差別され、日本では「やっぱり外人だ」と言われ、「なんじゃそりゃ？　どうすればいいんだ！」と結局傷つく。両親は、ほぼ離婚に近い別居状態。そんな心が折れそうになったところにパンクとの出会いがあり、「よし、やってやれ。パンクの精神で受験システムをハッキングだ！」という闘志に燃え、東大《とうだい》とハーバード大に同時合格しました。

日本では名目上「一律」と言って、みんな同じルールを平等に守らなくてはなりません。その一律の基準を満たせない人は、潔癖なマジョリティーによる懲罰や差別の対象になってしまう。僕はティーンエイジャーだった頃、「外人の価値観」で行動したために日本社会の田舎のムラ社会（広島県《ひろしまけん》や富山県《とやまけん》）ではルールを守らない厄介者として排除されていました。では、どうやって境遇を逆転させたのか？　僕はずばり「ステルス戦闘機」になってレーダーから消えました。

具体的には、受験勉強をして東大を目指し、模試とかテストの成績がいいという状態を作りました。「あいつ、外人なのに真面目にやってるなあ」という印象が広がると、それで称賛される。するど、当初は自分の言動をしらみつぶしに監視していた教師たちが褒める側に回った。当時の僕は学校で禁じられていたバンド活動もしていましたが、成績が良くなった途端、教師から「こんなに成績がいいんだから多少、学校の外でバンドをやっていても許してやろう」と、急に特例扱いされたんです。「一律」から頭一つ飛び抜けて、やるべき課題をきちんと一つ一つ満たしていくと、ある段階で急に付加価値がつき、いきなりエリートの扱いに化ける。これを「手のひら返し社会」と呼んでもいいでしょう。

日本は、みんなで同じスタート地点に立ち、同じ制服を着て同じ給食を食べ、平等に頑張って、根性を出して、テストの点数が伸びたということが美徳とされる社会。けなげでひたむきな努力こそが偉い。そんな価値観の中で、みんなと違う人間（僕の場合、父がアメリカ人だから顔からしてみんなとは違う）が努力していると、「あいつは外人なのに受験生として他の日本人より頑張っている」と、勝手に世間が感動した。

僕は受験に全然興味がないのに、システムをハッキングしてやろうと思い、最高峰を目指して計画を練ったら、だんだんうまくいくようになった。日米の文化の軋轢《あつれき》がきっかけで自分の中にある固有値を見つけたわけです。みんなから排除される、居心地の悪い自分の特性を隠すんじゃなく、『みにくいアヒルの子』のように、ありのままの「Let it Go」な自分を解放した。

それが僕の日本社会における成功術の基本形。これが30何年間のキャリアの中で繰り返されているようなところがあります。

こういう話をすると、時には「それができるのは、そもそもモーリーさんが自己実現するだけの才能を持っていたからでしょ」とやっかまれることもあります。まるで「抜きんでた才能の持ち主なんだから、少々の差別やハラスメントを受けても我慢しなさい。差別する庶民側の気持ちも理解しなきゃ」と言われているような感じ。

そんな水掛け論への返事は簡単で、「じゃあ勝手にしろ」です。人をやっかむばかりで自分を変える努力を最初から放棄するのなら、ネットの匿名掲示板に張り付いて、ネット右翼でも左翼でもやっていればいい。「在特会《ざいとくかい》」でも安倍《あべ》反対デモでもいいから、そこに行きなさい。自分にないものを持つ他人をひたすら貶《おとし》めることにエネルギーを注ぐ人間に用はないよ。

僕はこの本で個人的な哲学から社会への違和感、そのソリューションの提案まで、さまざまなテーマをざっくばらんに語っていきます。タイトルにある「悪くあれ！」という言葉は、他人が決めた潔癖な「暗黙のルール」にとらわれず、「社会の窮屈《きゅうくつ》なグリッド（枠組み）」からはみ出すことを恐れないでほしいという意味を込めています。

この本でこれからいろいろと言いますけども、何を言っても通底にあるのは「みんな、もっと自由に、創造的にドカーンと生きてしまえ！」というメッセージです。ただし、自由のリスクは必ず引き受けること。冒険的なワイルドウエストの歩き方とは何か、そう生きるには最低限何が必要か……本書は、その指南書です。

目次

第2章

不器用じゃダメなんですか？

——日本とアメリカの違いから僕が学んだこと

労働が大嫌い
リーフェンシュタールとエイゼンシュテイン
否定されたアイデンティティー
家庭の崩壊
アメリカで経験した人種差別
孤独の中、音楽が心の支えだった
高校生にして大人の汚い社会を知る
パンクの衝撃、パンクの勝利
東大とハーバードに同時合格
憧れの音楽業界へ
初めてのレコーディング
立ちはだかる「メジャー」と「マイナー」の壁
追放されたパンクの感性
日本のパンクシーンへの失望
東大を中退し、アメリカへ
電子音楽との出会い
「非白人の音楽」の体験
「西洋音楽」と「それ以外」。断絶の向こう側へ
音楽はアートであると同時にサイエンス
周りにある音のすべてが音楽だ
倍音構造を操作する
科学者が新薬を作るように音を作る
音をランダムに委ねる
あらゆる音には「揺れ」が入っている
カラオケとパブロフの犬

第3章

グリッドから解放された世界

——禅とダブステップでポピュリズムと闘う

「ドレミ」のグリッドから外れた音程
感覚のグリッド
退屈を見つめる
煩悩に支配されるな
「何もしない」ということのトンネルをくぐる
ジョン・ケージと禅
音階のあるすべての音楽と闘う「独りジハード」
ヒップホップへの反発
音階に縛られないダブステップのクリエイターたち
ダブステップと禅
ティーンエイジャーが手にした巨大なツールボックス
音楽が達成した進歩的な未来
時代の変化に付いていけなくなった人たち
自由で進歩的な未来と逆行する政治の世界
アプリオリをクエスチョンする
大型のフランチャイズ宗教
多様化を推し進める力、多様化を嫌う力
アルカイダとアーミッシュ
カルト宗教の根底にあるのは被害者意識
分かりやすい敵、分かりやすいソリューション
安倍総理はヒトラー？
ポピュリズムには右も左もない
極端な結論を用意するのは、そもそも行動したくないから
差別のマトリョーシカ人形
グローバリズムによる利便性の弊害
国家への精神依存、ダメ。ゼッタイ。
カラーテレビなんか要らない
マトリックスの外へ

第4章

音楽と全体主義
――パンクの矛盾とEDMの多様性

第1章

自己解放のすすめ

――「安全な日本」という前提はもう崩れている

トランプ大統領に敬意を表して

世界の中核にあるべきアメリカの大統領がその責任を放棄し、強固な支持層は彼が日々発信する暴言ツイートやルール違反を讃《たた》え続ける。2016年アメリカ合衆国大統領選挙を経《へ》て、そんな日々がやってきました。

大統領は事実確認もないまま、寝る前にTwitterを使ってCNNというメディアや北朝鮮という国家を気分次第に名指しで攻撃。朝起きてすぐにツイートをチェック。炎上しているさまを見てニンマリする……なんじゃそれは？

「無法者国家アメリカ」は、世界の新たなお手本になりつつあります。

そんなトランプ大統領に敬意を表して、この本では「ファクト・フリー（＝僕が考えていることを責任感なくおしゃべりする）」スタイルでいきたいと思います。人知れずダジャレを言ったとしても、元ネタとなる事象の説明はいたしません。いわばトランプ式のギャングスタ・パラダイスです。

居酒屋のメニューに「あぶりレバ刺し」というものがありますよね。今は食品衛生法でレバ刺しが禁止になってしまったので、店側がレバ刺しを食べたい人とつるんで「今、見ていますよね？　あぶりますよ？」と言いながら火の上をちょっとだけくぐらせて「焼いたこと」にするけど、本当はただのレバ刺し。本書もそんな「生」な感じになるといいなと思っています。

あるいは遠くない昔、落語家や役者は「フグの毒をなめて舌をぴりぴりさせてハイになる」という遊びをやっていました。でもそれは、本当にいつ致死量までいくか分からないロシアンルーレットで、「オウンリスクで死んだとして、何が悪いんだ？」という「粋《いき》」の一種だったのですが、最近の世の中には、そういう刺激が足りない気がしています。

この本の「毒」を食べて死人が出たとしてもオウンリスク。格安の旅行代理店が破綻《はたん》したら、ハワイからは自力で帰ってください。

水平化する世界、「安定」の幻想

「今の時代、キレイキレイに生きることに何の楽しみがあるのか？」と特に若い人たちには言いたいんです。世界中の新興国や途上国からものすごい才能を持った人たちが現れ、もしかしたら5年後にはアフリカのモザンビークから天才プログラマーやベンチャーの起業家が現れるかもしれない。世界中が水平化して、ものすごい勢いで競争している中、「揺《ゆ》り籠《かご》から墓場まで」保障される経済構造がすでになくなっている日本で、どうしたら自分の雇用が確保できて、30年以上のローンを払えるのか？

今の日本の銀行は、アメリカの「サブプライム住宅ローン危機」に近い状態です。以前自分の出演した番組で、銀行がサラリーマンを相手に「正社員なら物件を買えます」「オーナーになりませんか？」などと言い、アパートやコインランドリーを購入させてローンを組ませるというニュースを扱ったことがあります。

銀行は「物件自体が担保になります。リスクはありません」「賃貸収入を得て、何年かで黒字になりますよ」というセールストークで、3つも4つもアパートを買わせるわけです。結果、口車に乗せられたサラリーマンの手元には支払えるはずのないローンだけが残ってしまう……。

これは、銀行からお金を借りる人がいなくなったので、経済弱者に「破産したら自己責任」というリスクを押し付けて金を貸す、サラ金のようなやり口なんです。つまり、アメリカのサブプライム住宅ローンと同じ仕組みです。

日本のある世代は、昭和の30~40年間にあった繁栄期の幻想を引きずっていて、事態が進んで環境が激変していることを全く無視し、認知拒否・現実逃避しているように思えます。好奇心・向学心が薄く、何事に対しても受け身。いまだに「堅実にやっていれば報われる」という幻想にとらわれているのです。

そんな人たちは、「まだ大丈夫なんだ」とか「親の世代は公務員やサラリーマンで定年まで働いたから、自分も同じようにすればいい」と思い込んでいます。そこへ「そのとおりです、頑張ってください」と言って、実は親の世代よりも相当大きなリスクを押し付け、自分たちのリスクヘッジをしようとする捕食者《プレデター》的な金融業界が忍び寄ってくる。これがまさにサブプライムの構造なわけです。

グローバリズムで製造業や下請けが全世界へと流出した状態だと、経済構造がどうしても保守的になり、「こつこつやって自分を殺す」ことでリスクを避けようとします。そして、まるでリスクフリーな未来が待っているかのようなプロパガンダ（政治宣伝）を金融業界と銀行がやっています。

グローバリズムを徹底した結果、各国の政府は海外からの投資を呼び込むために、いくらネガティブな副作用があろうとも、金融に対する規制はとにかく緩和していくしかありません。そうすると、そこに法のスレスレで生きる人、「訴えられても逃げ切ればいい」という人が参入してきます。つまり経済無法状態が訪れているのです。

アフリカの最貧国、モザンビークのバブル

ある時、Twitter で面白いニュースを発見しました。

日本の大学の研究員がモザンビークに住んでいた頃、飲み屋で知り合った人に家政婦を任せたら、留守中に金庫を開けられ70万円近くの現金を盗まれてしまった。家政婦が金庫に手を出している現場が監視カメラに映っていたので、犯人はすぐに逮捕されましたが、盗まれた70万円はあっという間に車や土地に化け、結果、村全体がバブル状態になったそうです。モザンビークは世界最貧国だから、盗まれたお金が巡り巡って、村全体の景気が良くなったというわけです。

このネタを知った時に僕が思ったのは「盗っ人バブルの村から生まれた子どもが、バブルをきっかけにきちんと大学へ行ったりYouTubeで学習したりして、何カ国語もしゃべれるすごいプログラマーやハッカー、ベンチャー起業家になるなど、地球レベルの下克上《げこくじょう》が起きる……そんな未来があるかもしれない」ということ。今はそういう世界です。

そんなパラダイムシフトが起きているというのに、「アパートのオーナーになりませんか?」と甘い言葉を囁くサブプライムローンもどきのビジネスにからめ捕られるサラリーマンというのはあまりに鈍《どん》くさいし、本当に外の世界のことを分かってない。要は免疫がなさすぎの状態です。

今は、免疫がないどころか、子どもの頃にさまざまな雑菌、ウイルス、飢餓や紛争、栄養失調、そういうものに囲まれた世界で育ったハングリーな人たちがすごい知恵をつけてくる世の中です。もはや平和ボケも通用しない。

こんな時代に潔癖になって、放射能が怖い、ヒ素が怖い、ベンゼンが怖い、大麻が怖い……そんなことでどうするの？（でも、ケタミンは怖がったほうがいいよ）つまり、もう「安全な日本」という前提は崩れているんだ！という話です。

タランティーノ映画のような世界

ニュースの話題をもう一つ。

２０１７年の春ごろ、お年寄り向けに新聞広告を出していた格安の旅行代理店「てるみくらぶ」が破産しました。同社は１５０億円の負債を抱え急に機能しなくなり、ハワイなど海外にいた旅行者たちはホテルから「宿泊費が払われてないので、もう1度払ってください」と言われたり、空港で航空券が発券できず帰れなくなったり……そんな被害が約9万人にも及びました。

旅慣れた人たちは「てるみくらぶは安すぎて怪しい。ここで買うぐらいだったら、航空券は間違いのないようにちゃんとしたルートで手配して、宿はAirbnbとかAgodaで粘って探そう」といった具合に他の選択肢を持っています。自分で調べてプランを組めば、ツアー旅行にはない自由さも手に入れることができる。そして、そういうネットリテラシー（インターネットを使いこなし、有益な情報を得ることができる能力）を身につけているのは若者です。

では、若者の代わりに誰を餌食《えじき》にできるか。彼らが目をつけたのはお年寄りでした。てるみくらぶは、「2〜3万円で韓国に行けますよ」「40万円あれば、夫婦で1週間スイスへ行けます」などと言って、年金生活者の手の届く範囲のアジアやヨーロッパへの旅行をちらつかせました。

リテラシーの低い（情報を精査、比較する能力がない）お年寄りたちを勧誘して年金からむしり取り、うまいこと回せていけるはずだったのが、なんと負債が150億円まで膨れ上がり、あっという間に倒産、突然死してしまいました（その後、てるみくらぶの社長と経理担当者は銀行に対する詐欺の疑いで逮捕されました）。

てるみくらぶが被害者に対して払い戻したのは、投資額のたった1パーセント。スイスに行くのに40万円を払ったというお年寄りに返ってきたのは、たったの4000円。そもそもよく考えたら、バックパッカー旅行ならまだしも、40万円なんていう価格で、夫婦で1週間もスイスになんか行けるわけがないのに！

ストリートスマート（現場対応力の優れた人）だと、旅行の適正な価格が分かるわけです。「2万円で韓国旅行」と聞いたら「航空券だけでも2万円はやばい。安かろう悪かろうに決まってる」と思うし、「そんな値段じゃ、航空・観光業界で働く人たちの賃金を不当に圧迫しちゃうじゃん」ということを考えます。そこを全く考えない人たちが、新聞広告を読んで「安全・安心の旅」「うちは大量にチケットを買っているから安いのです」というような安易《あんい》な口車に乗せられてしまったわけです。

ここからもサブプライム的な悪意を感じます。リスクを避け、騙されたこともなく、悪意に対して免疫が全くないお年寄りたちが、人生の後半、たそがれになって悪徳業者のカモになっている。テレビだけを観てお年寄りになってしまった人は、善意のイノセント。純白のアベレージ。グッドなカモです。その羊たちの沈黙、言い返さない人たちを、これからはオオカミたちが食べていきます。そしてそのオオカミたちもお互いを食い合い、異常に平均寿命の短い世界になる。まさにタランティーノ映画のような世界がやってきているんです。

危険を知らなければ、正しく恐れることが出来ない

では、若者はどうだろうか。過剰なノースモーキングの風潮から見えてくるものがあります。公共の場での全面禁煙の流れは別にして、年配者には当然喫煙経験者が多く、タバコの害悪が分かるからこそ「それを根絶しなくてはいけません」と言えるわけです。タバコを吸うと体に悪い、脳に悪いというのは間違いない。だけど「じゃあ、なんで昔はみんな吸っていたんだろう？」という疑問も浮かんできます。リスクはあるけど、フィールグッドできたからではな

いの？

何もかも禁じられた潔癖な環境で育った若者が20歳になった時、イノセントなお年寄りと同じぐらい免疫も知識もないなんて、モロにグッドなカモですよ。

また、昨今未来ある若者に忍び寄る麻薬汚染問題。パーティドラッグとして若者に人気のＭＤＭＡは無法状態で、ほとんどのものはギャングが作っています。アメリカのドラマ『ブレイキング・バッド』のように専門的な知識を持つ科学者が作るならまだしも、大抵は素人《しろうと》が混ぜ物入りで作るので、それを摂取した子どもがどんどん死んでいます。

イギリスではこの事態を重く受け止め、地元の警察はクラブで子どもの持っている薬物の純度を測るようになりました。混ぜ物入りのＭＤＭＡで子どもを死なせないために。「ＭＤＭＡが合法かどうか」という問題以前に若者に無駄死にしてほしくないから、警察は取り締まるだけじゃなくて譲歩する。現実はそういうものです。冒険を無闇に罰さず、ある程度の非合法行為や失敗を許して、学ばせることで成熟を促す。僕は、そういう世の中が好きなんです。

それに、今さら合成麻薬を取り締まったところで、製造レシピが公開されつつあるし、作りたい人はお手軽に作れるようになる。そんな近未来では、新型の分子構造を持つまがい物が闇ラボで作られるという危険も止められない反面、製薬会社に特許を独占された薬品の不当に高い価格設定から解放されるなどプラスの側面も出てくるでしょう。医療無法状態もあるかもしれませんが、裏を返せばインスリンも自分で作れるようになる。そうなったら製薬会社が崩壊するかもしれないよね。

世界はその方向に向かっている。だから化学式も含めて薬物を詳しく知っておく必要があるし、毒性や依存性、オーバードースしたときの解毒法も知っておいたほうがいい。危険性を知らなければ、正しく恐れることが出来ない。要は「何をもってして人間は学び、鍛えられていくのか」ということ。「薬物乱用防止　ダメ。ゼッタイ。」という思考停止では、ある意味一番無防備な若者をつくるだけです。

テレビは認知症製造マシン

ジャーナリストとしてテレビ業界で仕事をしていると、「テレビが真実を提供できるわけがない」ということが分かります。なぜなら、テレビのコンテンツを作っている人が世の中のことを分かっていないから。

ある年齢以上の人たちはそんなテレビに依存している。さらにその人たちには免疫がないから、セカンドオピニオンとしてネットからとんでもないガセを拾ってくる。そのとんでもないガセを信じながらテレビを観《み》る。一部のバラエティー、ワイドショーの制作側もそのガセを拾ってくる。そうすると次のフィードバックが生まれ、ますますガセが強調され、視聴者は免疫不全の認知症になる。つまりテレビは認知症製造マシンです。

テレビも楽しくほどほどに観ればいいと思いますが、それだけテレビを見続けているということは、自分の時間がテレビに拘束されているわけで、主体性がないんです。

テレビ離れを謳《うた》われて久しい若い世代も、Twitterのトレンドが人気タレントの話題で埋まるのを見ると、みんなテレビを観ているんだなぁということが分かります。テレビでアイドル的なものが流れるたびにキャーキャー盛り上がってツイートしているさまは、自分の無意識、下半身に負けているというか、要はポルノと同じ構造です。せっかくのインターネットをその程度にしか使わないなんてもったいない。知識さえあれば、海外の興味深いトレンドをいくらでも自分から取りにいけるのに。

この悪しきサイクルから解脱《げだつ》する方法は何通りかありますが、一番いいのはみんなでテレビを観ることをやめて、自分でリテラシーを上げ、有料の情報を取りにいくことです。ただし価値のある情報を得るためには英語が必須。みんなが英語版『ＶＩＣＥ』の記事を読みにいけるぐらいになってほしい。若い世代にはそれを期待できるかもしれません。

そんなテレビ業界の最大の問題は、報道番組です。ファクトの報道や議論の提供でストイックに勝負できないのは、報道メディアの衰弱を意味しています。テレビ側も視聴者を甘く見積もっているので、視聴者と相互依存して自浄努力をしないという悪循環が生まれています。

その上、テレビの作り手は英語ができない人ばかり。英語ニュースのリンクをスタッフに送っても、読めないから結局説明しなければならず二度手間になってしまう。普通に考えれば、僕以外にもニュースの真偽をチェックできる人が制作チームにいるべきなんですよ。

日本のメディアの人間は金魚鉢の中に住んでいるようなもので、それがマジで危険です。例えば薬物の正しい知識を海外から仕入れられるリテラシーを持った若者が、そんなメディアに「ダメ。ゼッタイ。」と言われたら、「本当に日本のメディアはだめだな。こんなのフェイクニュースじゃん」としか思えないでしょう。受け手が海外の大麻合法化の流れを理解していたら、メディアだって政府の見解をそのまま垂れ流すだけの番組なんて作りませんよ。

「メディアの人間は物事をよく分かっていないのに報道を司《つかさど》っている」ということを、受け手側はもっと知っておいたほうがいいでしょう。

凋落したメディア

僕は30年以上前、21歳の時に単行本『よくひとりぼっちだった』（文藝春秋《ぶんげいしゅんじゅう》）を書いて文壇デビューしました。なので日本のメディア全盛期を知っていますが、この30年で本当に日本のメディアが凋落《ちょうらく》したことを感じています。

経営の末端にいるプロデューサーやディレクターの決定が何しろ弱っちい。そして30年前は「英語ができない」ことがまだＯＫだったのですが、今は特に報道となると英語ができないことは致命的です。

情報を伝える側にいる人間が英語のニュースを読めず、知るべきイシューを理解していないから、世界で同時に起きている事象が分からない。それが日本の事件に投影されたときにも、日本の事件だけを単体で見てしまいます。これは世界的に見て一周り、二周り遅れています。

かといって、主流メディア（テレビ）に取って代わる新たな何かがネットにあるかというと、『BLOGOS』だったり『リテラ』だったり『2ちゃんねる（現5ちゃんねる）』だったり『ニコニコ』だったり、その程度。

以前、とある動画配信会社に頼まれてネット番組で何度か司会をやりましたが、報道の観点から見たら本当に手抜きでやっつけです。「じゃあお任せしますんで、何時何分までに終わってこの部屋を出てください」というカラオケボックスと同じようなシステムで、番組の流れや内容は全部出演者任せ。それで言論を扱っているからやばい。

ネットメディアは朝日新聞《あさひしんぶん》や産経新聞《さんけいしんぶん》に取って代わるオルタナティブのはずが、現在、本当に不毛なランドスケープになっていて、セーフティーネットがない危険水域です。炎上したら、とりあえずお詫びをしまくってほとぼりを冷まし、不祥事をなかったことにしたい。そしてまた同じことを繰り返す……。これでは駄目ですよ。

言論もそういう無法状態になりつつあって、報道も信用できなくなり、とにかく誰も問題の本質を議論せず潔癖な綺麗事に執着しています。

世界的な大麻解禁の流れと、日本の報道のズレ

例えば、大麻報道。日本人の大麻に対する認識の現状は、高樹沙耶《たかぎさや》の一連の騒動止まりです。あとは、安倍昭恵《あきえ》夫人が大麻解禁論者と交流があると報道されると「それって駄目じゃん！」と大騒ぎする程度の認識で止まっている。これは、世界的に起こっている大麻解禁の潮流を知る何段階も前の状態なんですよ。

まず、大麻合法化の流れは大きく2つあります。医療目的と嗜好目的。日本では、どちらもいまだ市民権を得ていません。

大麻の合法化を求めるマイノリティーの意見が世論の同意を勝ち得るために、活動家は模範的アンバサダーの役割を求められる。マイノリティーは、理論とチャームでマジョリティーを説得しなければならない。それなのに高樹沙耶のように言葉の説得力に欠けていたり、しかも

自分でキメちゃってたりしたら、大麻に拒否反応を示すマジョリティーからの同意を得られるわけがないし、そもそも逮捕されてしまう。日本は法治国家なんだもん、仕方ない。

逮捕されたらその後の活動にどれだけ制限がかかるか、分かってるのかな？　高樹沙耶は海外の大麻活動家のカバン持ちから始めて、手法の基礎から学ぶべきだ。

大麻の嗜好目的を日本で認めさせるには、さらなるハードルを越える必要があります。酩酊《めいてい》をする権利を認めさせるには、日本人はまだまだ硬すぎる。酒で酩酊することは大好きで、二日酔いも悪酔いも厭《いと》わないほど飲みまくっているにもかかわらず。

今は、「大麻は体に悪くない」というアメリカ式の科学議論やＷＨＯのデータを出してきて「然《しか》るに、日本の法律はおかしい！」と指摘することや、「州の税金、財源確保の手段としてコロラドもカリフォルニアもうまくいった、アメリカがやったんだから日本もできるはずだ」といったインセンティブが、地上波で言える限界です。あとは新聞の社説に記事を書いて、賛否両論として受け入れられるかどうかがギリギリのラインといったところ。でもそろそろ議論をもっと前に進めてもいいいんじゃないかな。

潔癖な思考は「異端者の排除」に向かう

日本はもっと潔癖じゃない、寛容な世の中を目指したほうがいい。毎日の中に毒や闇がある。

毒をはらんだ豊かさが、ポエムとしてより美しい。例えるなら、寺山《てらやま》演劇や見せ物小屋のような世界。不寛容で潔癖な今の日本より、僕はそっちの世界に住みたいですね。

寺山修司《しゅうじ》の演劇には、小人や巨人がしばしば出てきます。僕の妻で女優の池田有希子《いけだゆきこ》が寺山演劇に出演した際、俳優であり、今の日本に2人しかいない小人プロレスラーの1人である、プリティ太田《おおた》さんと共演したことがあります。それ以降、小人プロレスやプリティ太田さんの演技を観ると、僕はいつも圧倒されます。

不完全が完全であるということ、闇の中に見てはいけないものを見てしまった感、自分の中のエロスにつながる差別感情や畏怖《いふ》の感情も素直に見つめ直すことができる存在。アイドルグループのようなコルホーズ化、集団集約労働化されているスキームの中のマス化している管理された美じゃない。見せ物小屋の、社会の言葉や規則の外にはみ出したものを味わうことができる。それを自分の中で現実の世界に当てはめたとき、びっくりするくらい価値観が豊かになる。有名人の不倫？　何それ。そんなことで騒ぐ暇があったら、自分の心の闇を見つめ直すべきだ！

プリティ太田さんは、小人プロレスがなくなってしまった今、芝居でも食べていくのが難しいとのこと。偽善的な現代社会が、彼のような人間は存在しないかのように振る舞い、存在を抹殺する。排除の構造です。

排除の構造というと、在日コリアンや部落への差別などの問題にもつながっていきますが、今のネットで在日コリアンを誹謗中傷《ひぼうちゅうしょう》するネトウヨは完全にオルトライト化しているというか、抽象化してしまっているんですよね。彼らの根拠なきヘイトを見ていると、「この人たち、在日コリアンの友達はいないんだろうな」と思うし、そういう抽象的なものに執着するよりも、生身の人間と出会ったほうがいいですよと言いたいんです。

そうしてやっとプリティ太田さんは、普通の演劇の普通の役を振られるようになる。社会が真に多様化するとはそういうことです。

がんじがらめにならず、ガンジャがらめになりましょう

自由な人生について、考えてみましょう。医者に言われたとおりの処方箋をバイブルにする人生。体を壊すまで酒を飲み、大企業の酒造メーカーに自分の体を乗っ取らせる人生。いろいろと選択肢はあるけれど、もっとオーガニックなライフスタイルがあるんじゃないかと僕は思います。

自分の意思で自分の体に光も闇も取り入れる。自分の体と心を自分に取り戻す。ヨガ、瞑想《めいそう》、ボクシング、菜食、肉食、早起き、不眠不休、ギャンブル、大麻、禁欲、フリーセックス。何でもいい、自分の知識と経験と第六感で、周りに流されず、冒険を恐れず、自分だけの

解放区を探してみてほしい。既存のルールや法律を疑え。それらが正しいかどうかなんて、周りの空気で変わってゆくんだから。

冒険もせず、悪いことも一切しないで、その何段階も手前で興味をそこに置かないように自制して「小さい半径で生きれば自分を守れる」という知恵は、もう機能しないんです。格差だって広がっていく。アメリカの場合、大学受験一つとっても「セネター（上院議員）の息子だから」「ケネディー一族だから」「お金持ち一族出身で学校に献金をしたから」入学できた、なんてよくある話。笑えるほど明確に、上流階級を優遇しているんですよ。

日本では一億総中流、「みんな受験で一斉に勉強したから」というフェアネスの幻想がいまだにある。僕は日本の受験競争が最高温度状態の時期に受験しましたが、実際そこにフェアネスがあったとしても、金持ちや官僚の息子のほうがアドバンテージのあるような状況はあったと思うんです。実際、進学校と工業高校の生徒同士の接点がなかったりね。それって格差そのものじゃん。

だったら「この世界はフェアじゃないんですよ」と明示してくれたほうが、持たざる者が策を練って頑張れる。コンプレックスなんて持たなくてすむ。

ノーベル賞を受賞した研究者は、いわゆる「大したことない大学」を出て、大学院でイェールとか、ハーバード、スタンフォードに行っている人が多いんです。でも日本式ブランドで大蔵官僚を目指す、昔の昭和の家父長制度の中で育った人たち……僕と同じ世代の人たちは、学歴や肩書にがんじがらめだと思うんですけど、とりあえずガンジャがらめになりましょうよ。

失われた大人世代

今の日本の60代は固定観念にとらわれ、そこから抜け出すことができないまま、体にもそろそろガタがくるし、ITに付いていけないのに無理してSNSをやって恥をかいている残念な世代。

そして僕と同世代の40~50代は、まだ変われるのにそのチャンスを放棄しているという意味で一番もったいない世代だと思います。本来なら、この世代が柔軟な発想で面白い決定を打ち出すべきなのに。例えば、やんちゃをやって最後は破綻したとしても文化を振興した堤清二《つつみせいじ》さんみたいに、面白い時代をつくっていけるはずなんです。

それが不景気で取り分のパイが小さくなったことを理由に、誰かの落ち度を指摘し合うという蹴落としにはまっている。受験時代の蹴落としからそのまま大人になっちゃったみたいに。この人たちは残念ながらこれからの日本の主役にはなり得ず、失われた大人世代になるだろうなと思います。

そんな風にがんじがらめになった状態を強制リセットできるのが多様性なんです。本音と建前を分けずに、移民も難民も薬物も（ある程度）肯定《こうてい》する。カオスの中で自然と「もう見て見ぬフリはせず、受け入れよう。認めちゃおう」と言えるエネルギーが生まれる世界に住みたいな。

言霊に呪縛されるな

これは多くの学者も指摘していることですが、「基本的人権」や「個人」という考え方が欧米から日本に入ってきて定着する時に、「身分や差別によって成り立っている天皇制や神道は良くない」という意見がありました。でも、その既存の権力をディベートで崩すのは革命になってしまうからできない。そうなったときの日本式ソリューションというのは、「じゃあ、なかったことにしよう！」なんです。

すると今度は、言霊《ことだま》に呪縛されるようになります。名前を言わなければ見たくないものは存在しない、名前を言わなければ悪魔が来ないというような考え方。名前を呼んでしまうと、その名前を呼ばれた魔物が「呼んだか！」と出て来るから、会話の中で言わないようにしなくてはいけないという、非常にシャーマニズム的なアニミズムに呪縛されている。

言葉に呪縛されて、「これを言ったら終わり」ということが多すぎると思いませんか？　例えば、２０１２年にテレビで「まんこ」と言った漫画家の西原理恵子《さいばらりえこ》さんが、出演番組を追放されました。でも、アメリカなんてビル・マーというコメディアンがケーブルテレビで「ファック」と言ってます。テレビアニメ『サウスパーク』でも「ファック、ファック」言っているし。これは、言い続けないと規制はどんどんきつくなっちゃうことを分かっているから、コメディアンも番組制作側もあえてそういう言葉をぶっこんでいるんです。

つまり自分たちが「言ってはいけないこと（タブー）」を言える空気を作らないと、「議論そのものができなくなる」という大問題につながっていくことを理解している。日本人は従順で怖がりだから、そういうタブーに呪縛されてしまう。東日本大震災後は「放射能」という言葉が言霊になっちゃったりしましたね。

日本は中産階級幻想の中で、潔癖であり、ついでに勤勉だから、ふらふらしている人を罰したい。もっと根源ではアニミズムで呪縛されちゃって、口にしちゃいけないことが多すぎるから議論下手になって、近代との対話が成り立っていない。日本はいろいろなものを先送りしてきてしまった。建物と建物を通路で勝手につないで建て増しをした九龍城《クーロンじょう》みたいに、ぐちゃぐちゃなんですよ。

小さなルールや作法を守らなかったからといって、守らなかった人をひたすら叩くことにリソースを割《さ》く人たちが、今の日本の、僕の世代なんです。この悪しきサイクルをやめたほうがいいいぜという話です。

無駄な会議や飲み会は宗教的な儀式である

労働にまつわる非生産性や非効率もばからしい。日本の企業の多くは意味のない会議をいまだにやるし、やたらと紙を使いますよね。環境への圧迫もあるからやめればいいのに、やめられない。それって、そうしないと高齢の人が納得しないからですよね。そして、それについてディベートもできない。オフィスで解決できることを夜の居酒屋まで引っ張るとか、酒の付き合いが必要以上に大事にされているのって、仕事のシステムではなく宗教的な呪縛なんですよ。

つまり、会議や飲み会といった儀式に呪縛されている。そこにはやっぱりアニミズムが入っている。スピリチュアルよりも組織や枠組みのルールのほうが大事で、そのルールから逸脱するとよりどころがなくなってアイデンティティーが崩壊するから、会議や飲み会といった儀式にすごくこだわる。組織の中の序列、与えられた役割なんて架空のものにすぎないのに、「自分は部長なんだ」「部長補佐なんだ」という意識がすごい。越権で「自分の頭を飛び越して相談しただろう」と怒ったりする行為は、「役職」という言霊に呪縛された宗教的なものです。

「放射線が1ベクレルでもあったら嫌だ」という考え方も同じ。坊主憎けりゃ袈裟《けさ》まで憎くなって、その存在自体が許せなくなる。例えばヒンドゥー的な考え方では、この世には善も悪も生も死も混在しているわけです。何もかもを0と1に振り分けられないし、嫌なものはいなくならない。

そもそも放射線は地面から自然に出ているのに、それを「いや、原発の放射能は人工物だから問題なんだ」なんて言ってしまう。言霊や穢《けが》れの概念を科学に当てはめているんですが、逆に自分がいいと思うものは検証もせずに無条件で信じたりするんだから困ったものだ。

ベトナムには、キリスト教やら仏教やら土俗宗教まで、あらゆる宗教をごっちゃにしたカオダイ教という新興宗教がありますが、今の日本はこれに似ています。自分に都合のいい、ほぼノイローゼ状態の神経症的潔癖症を正当化する教義だけは、どこからでもどんどん取り入れる。科学からも取り入れるし、左翼イデオロギーからも取り入れる。

これは、「汚いのが嫌だ」と言って不可触民《ふかしょくみん》（最下級カースト）を作り出す構造とも通じます。もっともらしい理由をつけて、不可触民に屠殺《とさつ》とか皮革《ひかく》とかごみ処理とか、自分たちがやりたくない仕事を奴隷労働のように押し付ける。自分たちは屠殺してもらった動物の肉を美味《おい》しく食べているわけだから、その倫理上のロンダリングはどうなの？　と思いますけどね。

自分から危機を探しに行く

「自分は穢れから逃れられる」とか「こいつに穢れ、死のタブーを押し付けたので、自分はその分長生きできる」なんていうのは、近代前の日本の考え方です。エンガチョかよ。

とにかく読者の皆さんには「時間がもったいないから、早めに冒険して免疫をつけておいたほうがいいですよ」と言いたいんです。バックパッカーをやって泥棒に遭ったり、海外の警察官にカツアゲされたり、いろいろ怖い目に遭ったら人間は学習する。そうすれば日本に戻ってきた時に、「マンションのオーナーになりませんか？　無担保ローンですよ」と言われても「ふざけるな」と返せるし、そのようなセコいちまちましたプランよりも、自分の底力を信じることができるようになるんです。

自分から危機を探しに行くことは大事です。だけど「ここは危ない、ここから先は死ぬぞ」という線を見極めて、死なない程度にする必要があります。

（その行動そのものの倫理はここでは問わないとして）例えば、途上国で買った女性を相手にコンドーム無しでセックスして大丈夫か、という見極めがつくように。「ボツワナでコンドームを使わないのはロシアンルーレットだよ」という、ブレーキを踏むべきポイントを知っておくように（ボツワナは国民1人当たりのエイズ率が一番高い国です）。

怪我をして深刻な後遺症が残ると、生存率が下がります。だからそこは慎重に。サバイバル最優先だけれど冒険もしたいという欲求もあって、両者は拮抗《きっこう》します。でも「冒険して生傷を負うけれども、知恵をつけていくやつ」のほうが「冒険しなかったやつ」より最終的には生き残るということです。

これからは日本も満州《まんしゅう》経済のような無法状態に突入していくでしょう。国民が高齢化すると国庫が圧迫されるため保障しきれなくなる。だから役所も生活保護を出し渋って「弱者は死ね」というような社会がすぐそこまで来ています。そのときに、カモにされていることに気づいて自分なりのサバイバル・ストラテジーを持つことが大事です。

一生涯をちまちまと「揺り籠から墓場まで」で生きたいのか、それとも激動の中を生きたいのか。僕自身、散々アウトサイドをやった揚げ句今になって健全な回答を提案する側に回ったわけで不思議な感じがしますが、つまりは「学級委員になるには不良（アウトサイド）から」ということです。

第2章

不器用じゃダメなんですか？

——日本とアメリカの違いから僕が学んだこと

労働が大嫌い

この章では、自分の思春期を振り返りつつ、ハーバード大学で学んだことについても語りたいと思います。

その前に言っておきたいのは、まず僕の人生で一つ大きなテーマだったのが「労働が大嫌い」ということ。とにかく働きたくなかった。自分の時間を分単位で価値に換算され、数字をつけられていることに無性に腹が立ったんです。

そもそも僕は、他人が自分に対して下す評価に対して、常に不信感を抱いています。要するに、僕の人生において「自分に対する周囲の評価が、置かれた状況によってコロコロ変わる」という経験があまりにも多すぎたんです。

高校2年生の2学期、ディスコへ踊りに行ったら「不良だ」と言われて、広島の受験校を「自主退学」という形で去ることになりました。転校した富山の高校でも端《はな》から不良扱いされ、音楽活動を禁止されました。そこで「文句を言われずに音楽をやりたい」という理由だけで猛勉強したら、東京大学《とうきょうだいがく》とハーバード大学に合格。すると今度は急にスター扱い。なんだそれ。

今までは排除対象として扱っていたくせに、同じ人間が違うパフォーマンスをしただけで、手のひらを返して英雄扱いになっていく……そこに物事のはかなさを感じます。

また、アメリカでは「良い」とされていた数学のプロセスを大事にするエリート校の中高教育が、日本の学校では「応用問題が解けないから駄目」という評価になったこともあります。特に僕が10代を過ごした昭和50年代当時は、問題の背景となる基礎原理を全く理解していなくても「そのようなものは必要ない、なぜならテストで出題されないから」と開き直られていた時代でした。日本では、答えを速く出すという脊髄反射《せきずいはんしゃ》や、引っ掛け問題を熟知しているやつが威張っていた。僕はそこに不正義《インジャスティス》を感じたわけです。

片方の国では評価されることが、もう片方の国では邪魔なもの扱いされたりマイナスの評価になったりする。こちらが真面目に信じた瞬間に、横殴りの風でぶっ飛ばされる。そういう経験の連続だったため、「あらかじめ決められた労働を行い、それに対する評価を受け、対価が支払われる」という考え方が嫌いなんです。

リーフェンシュタールとエイゼンシュテイン

僕の音楽の才能やスピリチュアルな才能、存在が放っている輝きに感動したマハラジャが、「好きなだけお金を使っていいよ」と金銭的に後押しをしてくれるのが、僕の夢見る「バラ色の経済学」です。

その実例として過去にあったのが、ヒトラーのバックアップを受けていたドイツの映像作家レニ・リーフェンシュタール。彼女は、映像史上最高峰とされる映画『民族の祭典』（１９３８年）を作りました（のちにナチス賛美のプロパガンダ〈政治宣伝〉映画として糾弾《きゅうだん》されたのですが）。

問題は、たとえ後押しをしてもらえたとしても、リーフェンシュタールのような政治にナイーブなアーティストに自分がなりたいのかどうかですね。

あるいは、同じように国家のバックアップを受けて映像を撮っていた、ソ連のセルゲイ・エイゼンシュテイン。彼は映画『戦艦ポチョムキン』（１９２５年）でモンタージュ技法を確立したことで有名ですが、今現在でも広告から映画までモンタージュを取り入れた作品が数多く作られているので、彼の理論は90年以上に渡って映像の世界を動かし続けているのです。そんなエイゼンシュテインですが、ソ連がスターリン政権になった途端に締め付けを受け、嫌々プロパガンダ映像を作ることになってしまいました。

僕は今、多くのテレビ番組に出演しているので、エイゼンシュテインの気持ちがすごくよく分かるんです。体制に文句を言えばエイゼンシュテインは処分、モーリーはクビ……。だけど、そんな状況でも誠意のあることをやりたいし、表現したい。どうやればいいのよ、という逡《しゅん》巡《じゅん》の連続です。言うことを聞いていれば資金は潤沢にある。そこもすごく、エイゼンシュテインと似ているなあ。

僕はリーフェンシュタールを目指したはずが、エイゼンシュテインになっていた……という話でした。

否定されたアイデンティティー

さて、僕自身の生い立ちに話を戻しましょう。子どもの頃は、広島の寺子屋式インターナショナルスクールに通っていましたが、小学校5年生の秋にスクールの方針転換があって、日本語を勉強する時間が削られてしまったことがありました。

当時の広島では、インターナショナルスクールに通う子たちは地元のＡＢＣＣ（Atomic Bomb Casualty Commission／原爆傷害調査委員会）の医師の子や、岩国《いわくに》基地《きち》の軍関係者のエリートの子、領事館で働く外交官の子もいて、運転手付きのカープールで通学する特権階級でした。同級生たちは、学校の行きも帰りも車内でずっと英語で騒いでいた。

僕は同級生たちを尻目に、窓の外を流れていく日本語の看板を眺めながら「何年も広島に住んでいるのに、日本語があまりうまくならず漢字が読めないなんておかしい。このままだと普通の日本人になれないじゃないか。僕は漢字を知りたいし、本物の日本語が使えるようになりたいんだ」と考えていました。日本人的なアイデンティティーへの執着や、漢字という宝石を取りに行きたいという渇望。そういうものがあったから、自分の意思でインターナショナルスクールを辞めて日本の小学校に編入したんです。

当時の広島では、終戦後間もなかったこともあり、アメリカ人の親たちが日本を多少、見下していました。日本語はいわば「ネイティブの土着語」であり、そんな言語を子どもが正式に勉強する必要はないと思われていたんです。「日本人は一生懸命、片仮名の英語で発音をして、アメリカ人に追い付こうとしてる。かわいいもんだ。頑張れよ」……そんな親の目線を、子どもたちはそのまま受け継いでいたんです。

僕はそれをひっくり返して「そうじゃなくって、日本に住んでいるアメリカ人が日本語を話せないことのほうが、おかしいんだよ」という風に考え方がネイティブ化した。自分の子どもの頃の決意ではあれが一番大きかったし、のちの活動にも影響を与えています。それ以降は自分で災いを呼び込むように険しい道を歩んできたわけだから。

家庭の崩壊

広島のインターナショナルスクールで一緒だったハーフの同級生たちは、僕も含め微妙な立場に置かれていました。というのも、昭和時代の広島では日米のハーフというだけで相当に複雑だったからです。片や原爆の記憶が生々しく残る人たちがいて、片や「ハーフのかわいいお人形さん」とちやほやする人たちもいる。

とにかく戦後20年足らずで、敵だった国同士で結婚することは、乗り越えるべき壁が多すぎたと思うんです。なにせ文化が違いすぎますから。日米の結婚でうまくいって完全に円満だった例って、僕はあまり知らないな（これから「日米婚」をされる皆さまは、お幸せにどうぞ）。

僕の家庭内でも、年々違和感が増していきました。母の英語は「流暢《りゅうちょう》なんだけど、ところどころでたどたどしい」という微妙なものです。日本の一般的な商社マンの英語よりは上手ですが、完璧じゃないから細かいニュアンスが伝わらない。母は自分の言ったことがニュアンスも含めてすべて父に伝わったと思い込んでいるけど、フル・バイリンガルの僕が横で聞いていると、実は伝わっていないってことも分かってしまったりする。

アメリカ人である父は、ＡＢＣＣの医師として広島に8年間住んでいたので、日本文化に対して理解はあるほうでしたが、日本語はほとんど話せませんでした。仕事では専属の通訳がいることに加え、当時の時代背景としてアメリカ人から見る日本は敗戦国、後進国なわけで、「日本は後進国で、日本人はみんなアメリカ人のようになりたがっている」という前提が社会の中で共有されていたことは否めません。それはアメリカ側だけでなく、日本側でもそうでした。

父は研究医としての仕事が忙しすぎたうえ、日本語の勉強はやってみたけど難しかった。当然、言語の習得より被爆者を助ける医療ミッションのほうが優先順位は高いわけです。

そんな言語の問題に夫婦間の情緒のギクシャクが加わり、ますますニュアンスは伝わらず、すれ違いは増していく。エンド・オブ・ストーリー。

日本の学校では「外人の父親」と、いつもばかにされた。だから僕は父親を避け、極力英語を話そうとしないなど、家庭内のそこら中に溝ができていきました。

一瞬だけ本筋から逸れますが、ちょっとここで一言、ABCCについて大事なことを言っておきたい。

近年、「ABCCはわしらを助けようともせず、モルモットのようにしか扱わんかった」と主張する被爆者団体の声が目立ってきましたが、僕が見た父親は決して患者をモルモット扱いなんてしていませんでした。原爆病院や広島大学病院に行って、身を削って人々を助けていましたよ。名声やアメリカの国防のためだけにやっているのだとしたら、あそこまでやらないでしょう。当時、日本の被爆者をフルタイムで助けていたアメリカ人医師が世界でどれだけいたのでしょうか？

「終戦直後の占領期にモルモット扱いを受けた被爆者がいた」という事実は否定しません。でもABCCは時代の中で変わっていったし、「原爆はアメリカの勝利のためにいいものだった」と思っていたアメリカ人医師はＡＢＣＣ内に一人もいなかったと思います。現実を直視すれば、原爆は人類の破滅しかもたらさないということが分かるからです。うちの父だって「原爆由来の白血病を完治させる方法はない」という否定的な結論を、何年もかけて厳密なデータに基づいて示し、「原爆で戦争に勝てる」と思い込んでいるアメリカ政府に突き付けたわけだから。

毎年8月に流れる「ＡＢＣＣは被爆者をモルモット扱いしていた」という左翼メディアのプロパガンダ、なんとかならないかな？　短絡的すぎるんだよ。閑話休題《かんわきゅうだい》。

アメリカで経験した人種差別

13歳の頃、父の仕事の都合で広島から家族でアメリカに渡りました。父が1年おきに転勤をしたので、ノースカロライナで1年、次にサンフランシスコで1年、とにかく目まぐるしく環境が変わっていきました。そこで、父と母の喧嘩《けんか》がにわかにひどくなったんです。おそらく父が職場でいろいろとうまくいっていなかったのでしょう。というか、夫婦の揉め事なんて10代の子どもには理解できませんがな。

当時（１９７０年代）のアメリカには、それはもう激しい人種差別がありました。ハーフ・ジャパニーズである僕が南部に行けば、「Jap（ジャップ）」だの「Nip（ニップ）」だの「Gook（グーク）」だの、あらゆる差別用語で呼ばれ、カリフォルニアでは中国から移民してきた華僑《かきょう》に戦時中の日本兵への恨みを言われる。

ノースカロライナでは、今もなお白人によるムスリムや黒人の殺害事件が相次いでいます。そしてサウスカロライナでは、黒人教会での乱射事件が２０１５年にオバマ政権下で起きました。犯人は、白人至上主義を信じる当時21歳の青年です。白人至上主義者たちの頭の中では、奴隷制の時代からずっと人種差別が続いているのです。

サンフランシスコのローエル・ハイスクールという公立高校には、香港《ホンコン》から逃れてきた難民や経済移民の子たちが多く、英語が話せない子も結構いました。ちょうど中国の動乱期に引っ掛かっていたんですね。

彼らがしゃべるのは広東語《カントンご》。共産軍が攻め込んだ広東州とか、香港といった文化圏の移民なので、南部の白人とは別の意味で日本人をすごく嫌っていました。自分たちが故郷を追われたのはそもそも日本の関東軍のせいで、関東軍が撤退したのちに共産軍がやってきたわけだから。

移民したての中国人は「ＦＯＢ」と呼ばれ、移民2世の中国系アメリカ人は「ＡＢＣ」と呼ばれる。「ＦＯＢ」は「Fresh Off the Boat＝船から下りたて」という意味で、「ＡＢＣ」は「American

Born Chinese＝アメリカ生まれの中国人」。アメリカ生まれ、つまりＡＢＣの中には、普通のアメリカ人として育てられたために中国語を一言も話せない子もいる。

自分もアメリカ生まれのハーフ・ジャパニーズだから、香港系のＡＢＣの女の子に親近感を覚え、そのうち惚れてデートを申し込みました。わくわくしていたんだけど、その子の父親が「日本人は駄目だ」と言って、付き合うことが許されなかった。のちにその子がユダヤ系の白人と付き合って学校の構内のベンチで抱き合っているのを見た時は、本当に悔しかったなあ。

いろいろな時代背景がありすぎて、要するにうざい、うざすぎる状況だった。レイシズムだとか歴史の清算とか、僕が生まれるずっと前の出来事のはずだったのに。

孤独の中、音楽が心の支えだった

僕はアメリカから広島の高校へ進学し、そこで「不良」のレッテルを貼られて高2で自主退学することになります。そのあと1～2カ月間は、家族でサンフランシスコに戻って生活していました。そんなある日、父が酒を飲んで怒鳴り合いの末に母に暴力をふるったんです。その時僕は父と取っ組み合いになったけど、力で負けて組み伏せられた。それまで練習していた柔道が全く役に立たなかったのもショックだったけど、親父はやたらと強かったんです。その日のうちに母を説得し、まだ幼かった弟も引っ張って飛行機に乗り、母の実家がある富山県へと向かいました。当時まだ存命だった富山の祖母は、温かく迎え入れてくれました。

その後、祖母は「巣立っていった一羽の鳥が三羽になって帰ってきた」という詩を同人誌に寄稿しましたが、編集者は裏の事情を察していたのかな？　今となっては謎です。

アメリカから移り住んだ母の故郷、富山県の高岡市《たかおかし》。人口は当時20万人程度。駅の近くの繁華街も、10分歩かないうちに端から端までたどり着けてしまう。本当に行き場がなく、サンフランシスコからいきなり日本の究極の田舎にドラッグ&ドロップされたような違和感がありました。

高岡市の公立・高岡高校に編入しようとして面接に行くと、高岡高校側でピンと来たらしく、以前通っていた広島の学校に問い合わせをされ、女子高の生徒と二股をかけた不純異性交遊とか、喧嘩をした友達の自転車を海に捨てたとか、僕の素行《そこう》不良が全部ばれた。広島では学校側がスキャンダルになってほしくないから、自主退学という形をとったんですけどね。会社で問題が起きたときによくさせられる「自己都合退社」のようなものです。16歳からもう先鞭《せんべん》を着けた感じ。
そういう背景にあって、「どうせ俺はうまくいってない人間だよ」という思いがありました。

そんな自分にとって唯一の心の支えは音楽でした。矢沢永吉《やざわえいきち》とか、広島の友達に教えてもらったレッド・ツェッペリンに憧れて、「ああいうかっこいいバンドのメンバーになりたい」という願望があった。ところが広島の高校を退学させられていたせいで富山では最初から「不良」というレッテルを貼られ、軽音楽部での活動を禁止されました。心の支えだった矢沢もツェッペリンも禁止。もう何も面白いものは残っていない。

日本では完全に不良扱い。アメリカでは社会の成熟度が遅い、気の弱い東洋人扱いでした(その当時の日本の男の子をアメリカに連れていったら、全員未成熟な子どもだと思われただろうな。日米で自意識や自立心にギャップがありすぎるんだもん)。こうなるともう行き場がない。家庭も学校生活も、本当にうまくいかない。「死にたい」と思ったことは一度もなかったけど、精神的には絶体絶命で「もう死ぬ」みたいな感じだった。

高校生にして大人の汚い社会を知る

高岡高校に、そんな僕の封じ込めオペレーションを請け負った、とある先生がいました。彼は非常にプロフェッショナルで、穏便かつ狡猾《こうかつ》に任務を遂行しました。貼り紙をして「右の者、モーリー・ロバートソンは軽音楽部の活動を禁ずる」というような正面切ったやり方ではなく、裏から手を回していたのです。

まず僕の周りの人たちに僕の日常を報告させ、部室をどれくらい頻繁《ひんぱん》に訪れているかとか、何か問題のある言動はなかったかなどを調べる探偵ごっこをした揚げ句、最後に「軽音楽部には出入りしてほしくない」ということを遠回しに言う面談の場を設けた。

授業の最中でも抜き打ちで「ちょっと来い」と言われて、僕は定期的にその先生の尋問を受けに行きました。金魚を飼っているきったねえ水槽がある部屋で、先生は「おまっちゃ、今週はどういうことをやっとったがや」とか言って、『ロバートソンの行動』という日誌をつけていた。そこで本当かどうかも分からないいんだけど「おまえのことを報告してくる生徒が学級にいる」って言うんですよ。でもそれが誰かは言わない。まるでソ連、北朝鮮、中国のような監視社会ですよね。「おまえは監視されている」……。

その先生によると、不良である僕が学校を辞めさせられないように、彼が教育委員会に働きかけていたそうなんです。「君が問題を起こしてしまったら、わしが教育委員会を説得できなくなる。わしが一生懸命、〈ロバートソン君はいい子なんですよ〉って言っているのに、向こうが懸念する材料を君が作っとったら駄目だろう」ってね。日本式の「あっちにああ言って、こっちにこう言う」の典型です。「君のためなんだ」とか「君がこの学校にいるのは音楽をやるためじゃない」などと言って圧力をかける。方々に話を回し、外堀から埋めて、文句が言えない形で僕が自分から軽音楽部を辞めるように仕向ける。

今となっては本人に確認しなきゃ分からないし、もう40年前の話だから、本当のことは知りません。あの先生はもうご存命じゃないかもしれない。とにかく、高校生にしてはかなり大人の汚い社会を垣間見ていたような気がします。

パンクの衝撃、パンクの勝利

そういう日々の中で、仕方がないからちょっと離れた富山市へ、高岡から30分ぐらいかけて遊びに行くようになりました。富山市内の繁華街をちょっと外れた荒町《あらまち》というエリアにライブハウスがあって、そこにいたのは別の高校の不良たち。彼らに出会って、僕は衝撃を受けました。

彼らには、試験の点数や順位でお互いを値踏みし地位を決めるような受験校にありがちなカーストが全くなかった。だから、人間関係にすごい解放感があったし、遊び場のライブハウスの爆音を聴いて「これだったら俺はいける！」とその場でパンクに目覚めた。荒町で別天地を見つけたんです。

高岡に戻って、ふと気づいた。高岡高校の真横に工業高校がある。そこで僕はピンと来た。そこの生徒と仲良くなれば、素敵な仲間と自由に音楽活動ができるかもしれない。その後、向こうから声をかけられる機会があって仲良くなり、その子たちがやっているパンクバンドにエキストラとして入ることになりました。

パンクに目覚めてからは、友達にカセットをダビングしてもらっていろんなバンドを聴きまくり、次第にギンギンになっていった。そしてこの仲間たちと、「僕が東大に入れば、パンクバンドから東大生が誕生、っていう最高なジョークができるな」という話になり、パンクのジョークとして受験勉強をすることにしたんです。

高岡高校には「高岡市外でやることについては関知しない」という暗黙の了解があったので、富山市のライブハウスに行くことは問われなかったし、高岡市内ではバンド活動をしないようにしたことで、教師の監視網、レーダーから消えることができた。

シャレで始めた受験勉強でしたが、参考書を買ってきたりして本気でやったため、徐々に偏差値が上がっていきました。

当時、受験勉強の心の支えになったものの一つが『東大必勝法 すすめ一直線!』（KKベストセラーズ）という、小林《こばやし》よしのり氏が書いた本でした。これは漫画『東大一直線』がヒットした頃に彼がスピンオフとして書いた本ですが、完全にふざけた内容で、「ちはやぶる」という言葉の暗記法として「千早《ちはや》ちゃんのお乳がぶるんぶるん揺れてる姿を想像しましょう」みたいなジョークが書いてあった。小林よしのり氏の反エリート的な絵柄と低俗なギャグ連発の中身で、受験を徹底してパロディーにしているのですが、それを読んで「俺は本物のパロディー受験をしてやろう！」という発想になりました。仲間が、味方がいる。小林よしのりが味方だ、パンクが味方だ、バンド仲間が味方だ！　という気持ちになっていきました。

ヘッドホンとカセットテープで、「頭脳警察《ずのうけいさつ》」「LIZARD」「フリクション」「P-MODEL」といった日本のパンクバンドを聴きながら猛勉強を続けたら、本当に東大に受かっちゃった。ハーバードにも受かっちゃった。いやぁ、ジョークのはずが本当に受かっちゃったね。それは他ならぬパンクの勝利だったんです。

東大とハーバードに同時合格

試験直前の年末年始は「受験勉強が大変だから」という理由で、バンド活動を3カ月ほど休んだ。その期間はライブや練習に顔を出すことは全くなかったけど、「受験が終わったら必ず戻ってくるから」と熱い友情の握手を交わして再会を約束した。

ところが合格後、にわかに新聞やテレビに取り上げられ、「東大とハーバード大に同時合格！　この少年は天才です！」と大騒ぎになったので、バンドのメンバーはパニックに陥《おちい》った。

するとバンドメンバーの1人からうちに電話がかかってきて、「このまま一緒に活動を続けていったら、おまえが主で自分たちが従になってしまうがや。水平な関係じゃあねえがぃ。おらたちはマスコミのためにやってるんじゃねえ」という話になり、自分がいない状態で会議が開かれ「今、会議でおまえの除名を決めたから」と告げられた。すごく、すごく傷ついた18歳の僕。

地元のニュースはそれほどないから、東大とハーバード大に同時合格というのはほとんど「事件」のような扱いでした。新聞や民放テレビの取材があり、新聞記者や事件記者がいっぱいうちに来て車座集会のようなインタビューを受けたことがありました。富山県発で全国紙に載る、ということでジャーナリストのほうがはしゃいでいました。

こっちはギターを持って正座して「僕はバンドをやっていて、パンクのために受験しました」とか、ひたすらパンクの話をしようとする。でも、向こうが聞いてくる質問は「英語は話せるんですか?」とか「日本語はどうやって勉強したんですか?」ということばかり。18歳の最初の記者会見で、心理戦が展開されたわけです。

おそらく、その当時の大人は「パンク」という言葉すら知らなかったはずです。RCサクセションですら、小さなベタ記事でしか報じられていなかった時代。しかも、記事には間違えて「グンジョーガクレヨン」という全然別のバンドの写真が貼られてたりして。まだYMOも新しくて、「テクノポップ」なんて呼ばれていた頃。そんな時期に日本のパンクはこのうえなく、地面にめり込むほどにアンダーグラウンドな存在でした。

僕は「教育県の富山が生んだ、受験の天才！」という趣旨で取材に来た富山新聞とか北陸《ほくりく》中日新聞《ちゅうにちしんぶん》、北國新聞《ほっこくしんぶん》など地方紙の人たちに、パンクの魅力を伝えようとしたわけです。「パンクだ！　パンクだ！」と言いながら、ギターを持って「写真もこれで撮ってくれ」って、正座してアンプにつながっていないギターをかき鳴らしてみせる。そういう、子どもっぽいことをやっていたんです。

憧れの音楽業界へ

結局、地元のバンドからは追放されましたが、この一連の報道を見た酒井政利《さかいまさとし》さんという音楽プロデューサーから声がかかりました。オーディションの末、なんと合格！　CBS・ソニーから夢のレコード・デビューを果たしました。

当時はすごく嬉しかったけど、それも今になって冷静に振り返ると、心の中に暗雲が立ち込めるんです。

高校を卒業したての素人に対して、ミュージシャンとしての評価なんてあるわけがない。音楽のキャリアも何もないし、バンド活動さえ受験で中断していて、ファンがついているわけでもない。それをいきなり何段階も飛び超えて、話題性だけでミュージシャンにしてもらえた。

こっちは大喜びで一生懸命やっていたけど、もしかしたらソニーはもうちょっと腹黒かったのかもしれない。

つまり、ソニーが自分たちの研究材料としたのか、もしくはタレント社員としてヘッドハントしようとしたのかもしれないってこと。とりあえずしばらくミュージシャンに熱中させておけば、そのうち諦めて20代半ばぐらいでちゃっかり社員になって、タレント社員兼ブランド物のハーフが手に入る。「うちにはＩＱが高い人間がいます」みたいな。会社のお飾り。飼い殺し。「もしかしたら金の卵として育つかもしれないけど、大頭脳なんだからとにかく買っとけ。今は本人が欲しいものを与えとけ」みたいに、最初から真剣にやるつもりがなかったのかもなあ。今そんなことを考えても落ち込むだけなので、あまり考えないようにしていますが。

初めてのレコーディング

デビュー・アルバムのレコーディングには、すごいメンツが勢揃いしました。

サディスティック・ミカ・バンドの元メンバー後藤次利《ごとうつぐとし》さんが、アレンジャーとしてとにかくいい仕事をしてくれて、ムーンライダーズのギタリスト白井良明《しらいりょうめい》さんなど、本当にいいミュージシャンが集まりました。

そのメンバーで「せーの」と演奏が始まり、ワンテイクかツーテイクであっという間に「後藤フレーバー」の和風ニュー・ウェーブができあがった。こっちは畳の上で試行錯誤して作ったコード進行しか提供してないのに、それがあっという間に分厚い音になる。本当に魔法がかかったようでした。

でも残念ながらその音は僕が憧れていた日本のパンクバンドとは全然違う、「メジャー」の綺麗な音だった。……違うんだ！　僕が作りたいのはパンクで、こういう綺麗な音じゃない！そう思っても知識がないから、どこがどう違うのかを音楽的に説明できない。

スタジオにキーボードがいくつも搬入され、中には「プロフェット5」というモデルや「オーバーハイム」というメーカーの高すぎるシンセも。目もくらむような機材の山を前に「もうちょっとさあ、ARPとかの音も使いたいな」なんて言えるはずがないですよ。18歳と若かったし、譜面も読めず、ピアノも弾けず、音楽の仕組みや録音の仕組みも分からず。「なんでドラムのマイキングに2時間もかかるんだろう。ドラムなんて近くにマイクを立てて、そのまま録音しちゃいけないんですか？」とレコーディングエンジニアに平気で質問するような素人っぷりだったんです。

立ちはだかる「メジャー」と「マイナー」の壁

そこにさらに「メジャー」と「マイナー」という対立の構図が重なる。ソニーのレコーディングスタジオなんだから、何が何でも完成度の高いクリーンな音で作るのが鉄則。同じ建物の隣のスタジオでは大滝詠一《おおたきえいいち》さんが録音していたし。これが「メジャーリーグ」を意味する大資本の「メジャー」なサウンドなんですが、当時の僕が憧れていた日本のパンクバンドはことごとく「マイナー」で、みんなアナログの4トラックレコーダーとかで録音していたんですよ。

僕はソニーのスタジオで「パンクなサウンドを録《と》りたい」という一途な思いに駆られていた。でもなんで憧れのパンクバンドと全く音質が違うのか、理由もよく分からない。

超一流のスタジオミュージシャンが演奏し、超一流のエンジニアがアシスタント・オペレーターをつけて世界最高級の録音システムで録っているんだから、4トラックのレコーダーとは音が違って当たり前なんだけど、当時の僕には分かるはずもない。「Ableton Live（エイブルトン ライブ）」（音楽制作ソフト）なんてなかった時代ですから。

「パンクのスピリットがどの曲にもこもらない。なぜだろう？　パンクの魂を忘れちゃいけない！」と思って、当時の渋谷《しぶや》にあったライブハウス「屋根裏《やねうら》」にも一生懸命通ったんだけど、ライブを観ても音の秘訣は分からない。ギラギラした眼差しと、やばい気配しか学習できなかった。

追放されたパンクの感性

ちょうどその頃はパンクがニュー・ウェーブにモーフィングした時代で、「XTC」というUKのバンドがいました。メンバーのアンディ・パートリッジは、日本のちゃちなニュー・ウェーブが全然追い付けないようなビッグなサウンドを作っていて、超かっこよかったから、みんなが憧れていた。

そこで18歳の僕は、「ソニーの機材と、ソニーが用意してくれるミュージシャンでパンクを再解釈したら、日本のXTCが作れるじゃん」という合理的ソリューションを考えたんです。

最終的に、恒松正敏《つねまつまさとし》さんという憧れのギタリストに直接会いに行き、「僕のレコードをプロデュースしてください」とお願いして、やってもらえることになりました。当時の恒松さんはフリクションというバンドを脱退したばかりで、ガチャガチャガチャガチャ！っていうノイズみたいなギターを弾いていました。

そして彼と一緒にCBSソニーのスタジオに行った時、とある音楽ライターがくっついて来て、「おまえら大資本が俺たちのムーブメントを商業化できると思うなよ」とソニーの社員ディレクターに悪態をついたんです。

そのディレクターはもともとチェリッシュのベーシストで、「てんとう虫のサンバ」の作曲者という超メジャーな芸能界出身だから、パンクシーンの人たちとは話が噛み合わない。ピンキーとキラーズとか昭和の歌謡曲の世界でやってきた大御所に対して、ストリート・キッズたちの代弁者を勝手に買って出たこのロマンチックな音楽ライターさんが「どういうことなのか根拠を言え！」と、60年代的な言い回しで突っかかっていった。

社員ディレクターからすれば「根拠も何も、ただモーリーさんがいい音を作りたいって言うから恒松さんをお呼びしたわけで、僕らは別にパンクとか知らないし」という話です。ロマンチックライターさんは「そうやって何だかんだ言って俺たちのムーブメントを商業化して、いいところだけ奪うつもりだろう！」みたいなむちゃくちゃな言いがかりをつける。

ディレクターにすれば、呼んでもいない音楽ライターがいきなり会社のスタジオに入ってきて、失礼な口をきいてくるわけだから、「何様だ」となるわけです。「このスタジオを押さえるのにだって金がかかってるんですよ。やりたくないなら帰ってもらっていいですよ」とキレる。音楽を商品として扱っている企業なんだから、当たり前の反応ですよね。

険悪な状況の中「とりあえずセッションをやろう」と言って、持ち込んだ一升瓶の日本酒を飲みつつ、泥酔しながらギターを弾く恒松さん。ミスター・カイトっていう他のバンドからドラマーも連れてきていて、その人も「呼ばれて来ただけなんだけど、何これ？」という感じ。誰も意思疎通できてない。

全部バラバラの状態で適当にセッションが始まった。当時の音源を聴き返すと自分の戸惑いが歌声に入っているようで、辛くなります。

この一件から、僕は日本の音楽業界に対して問題意識を持つようになりました。音楽には「メジャー」と「マイナー」の間に大きな溝があり、両者は到底相容《あいい》れない。ソニーの中でパンクは絶対許されなくなった。ソニーの内部にいて、僕の中にあったパンクという感性は追放されてしまったんです。

日本のパンクシーンへの失望

実は恒松さんの前に「LIZARD」のモモヨさんにも会っていたんです。モモヨさんは、ライブハウスの楽屋を訪れた10代の僕に向かって、いきなり「おまえなんか死ね」と言った。さらに「おまえは売れたいのなら、豊島園《としまえん》に行って飛び降りて死ねばいいんだ。俺のところに来るな！」とか、すごいことを言われた。

今の僕なら、あれはヘロイン由来のパラノイアだったのかな、と思えます。でも当時は「ずっと憧れてたのに、なんで罵倒《ばとう》されるんだ」とすごく傷ついたのを覚えている。楽屋を訪ねてきた18歳のファンに向かって「おまえは大資本の手先だ！」なんて言って罵倒するなんて、どれほど日本のアングラシーンは器が小さいんだ……という話ですよ。

LIZARDの人たちは、「俺たちのスタイルはＵＫだから、アメリカは嫌いだ。ＵＫに行ったことがないんだったら、おまえには用はない」とも言っていた。ストラングラーズのベーシスト、ジャン＝ジャック・バーネルにプロデュースしてもらったことが、彼らの中では揺るがない偉業となっていて異論を挟めない。

日本のアンダーグラウンドの人たちは「大資本がのしかかってくるのは嫌だ」みたいなレッテル貼りをするばかりで、全く会話ができなかったんです。

これも今思えば、当時30歳ぐらいの彼らが「ソニーからメジャーデビューする東大生」という10代の僕の肩書に対して脅威を感じて、精いっぱい強がっていたのかもしれない。でも、当時の僕はそこに土着的なムラ社会的なものを感じてしまった。「これじゃ富山県と同じだな。東京なのに田舎者じゃねえか、おまえら」みたいに心の中で自分の先輩たちに逆ギレした。

富山のバンドでは「おまえは有名になりすぎたから」と追放された。パンクへのエネルギーで東大を受験し、自分より10歳以上年上のフリクションやLIZARDに憧れて東京に出てきたのに、東京ではお互いにメジャーだマイナーだとレッテル貼りをし合っていた。だから僕は日本のパンクに失望したんです。

東大を中退し、アメリカへ

ソニーでは、ディレクターや中堅の社員が「うちは企業で、おまえのために金を使ってるんだから、売れないと会社に迷惑をかけることになるんだぞ」というプレッシャーをかけてくる。心の支えにしてきたパンクの人たちからは全く支持を得られず「出て行け」と言われ、ソニーの中で「パンクはいいですよ」とディレクターを説得しようとすると、「そんなものより、金になるアイデアを持ってこい」と言われる。18歳の少年が背負うものとしては、ちょっと重かった。

たまに酒井さんに会いに行くと「頑張っているね」と、方向が違う肯定をされる。だんだんと「僕が若すぎて人生経験もなく、音楽を知らないのがいけないんじゃないか」という精神状態になっていき、やがてすべてが面倒くさくなっていった。

さらに、僕の耳が肥えていくにつれて、日本のパンクサウンドにも失望してしまった。フリクションは例外だったんだけど、日本のパンクバンドのほとんどは、当時売れていた西洋のバンドをテンプレートにしてることに気がついた。UKのストラングラーズやアメリカのDEVOなんかが先にお手本としてあって、そのテンプレートをなぞっているだけ。

音楽通の友達にいっぱいその手のレコードを「音そっくりだぞ」と聴かされ、「僕がずっと憧れて、そのために人生が変わったと思っていたのに、偽物だったのか……」とそれでまたショックを受けた。

ソニーの大人からのプレッシャーと、アングラの人たちからの拒否でぐちゃぐちゃになった僕は、「日本ではどうあっても模倣した音しか作れないんだったら、本拠地に行かなきゃ駄目だ」という思いに駆られました。

それに本当は「俺には、大学なんか関係ない。ミュージシャンになって自由に生きたい」という願望があったけど、日本のミュージシャンたちが思い切り不自由だという現実を知ってしまい失望。「じゃあ心を入れ替えてアメリカでやり直そう」という結論に至ったんです。

それで東大からハーバードに移った。転校というよりも、東大を退学して、9月からハーバードに正式に入学したことになります。ハーバードの入学資格は9月からだったので、渡りに船でした。

電子音楽との出会い

ハーバードでの大学生活が始まり、僕はさっそく同級生や寮のルームメイトたちに「日本でアルバムを出したんだよ」とツルツルのLPを見せました。日本でレコーディングした僕のファースト・アルバム『ストイック・哀愁ゼミナール』（1981年）です。

ハーバードにはいろんな分野の天才が来ていたけど、LPのアルバムを出したことがある人はさすがにいなかったので感心されました。自分をPRしながら人に見せて回っていると、同じ大学1年生の学校新聞に入りたての記者見習いの子が記事にしてくれました。ハーバード大学にはいくつかの学内新聞があり、全部ただで配っているんだけど、そのうちの1つの表紙にしてもらったことで「日本にいた時よりも俺はビッグだ！」と完全に舞い上がった。

その学内の報道を見て追っかけの女の子まで現れ、嬉しすぎてその子と付き合ったりもした。初めてセックスした時、狭いベッドで夜通し彼女の肩を抱いていたんだけど、手首がヒーターにずっと触れていて、ひどい低温やけどに。今も痕が残っています。あーあ、18歳。

そんな極私的なスターダムのせいで、最初の学期からすでに勉強がおろそかに。うっかりしている間にどんどん成績が下がり、退学すれすれの線をさまようことになりました。

日本では受験勉強を頑張った結果、大学に合格すると「お疲れさま」と4年間遊ばせてくれますが、アメリカではとにかく勉強させられます。加えて、僕の場合はそこまで英語をたくさん読み書きしてこなかったので、同級生のリテラシーに追い付きたくて、大学1年の夏休みはコミュニティーカレッジで必死に勉強しました。

また、アメリカの中高校生はみんな夏休みにアルバイトをします。テニスコートの球拾いとか、水泳の資格を取ってレスキューとか。そういうアルバイトは「サマージョブ」と呼ばれていますが、僕は日本で受験したから、その経験がありませんでした。

日本では「受験の天才」とスター扱いだったけど、アメリカに行ったらただの世間知らずな子ども。周囲のみんなが働きながら伸び伸びと大人の社会術を学んでいた時、僕は日本で受験勉強をしていて社会勉強をおざなりにしてしまったんです。そこも同級生たちに置いていかれないようにと必死だったのを覚えています。

ハーバードの最初の1年は、文化の違い、周囲は英語ばかりという劇的な環境の変化に加え、勉強の量が半端じゃなかったので、バンド活動はほとんどやっていませんでした。でも音楽を懸命に吸収しようとして、ニューウェーブを聴いたりラモーンズのライブに行ったりしていましたが、音の作り方が分からないので「自分なりの新しいオリジナルサウンドを作らなきゃ」と焦りまくっていました。

そうこうしている間に1年目が終わり、そして2年目の秋、電子音楽コースに入るためのオーディションを受けることにしました。そのとき「僕はこうやって、もう活動していますよ」とアピールするため、自分のアルバムを持って行ったんです。

すると、電子音楽を教えていたイワン・チェレプニン先生というロシア系の現代音楽の巨匠が、露骨に不快感を示した。「うちの電子音楽のスタジオはバンドの練習スタジオじゃない」と言い、僕を門前払いしようとしたんだけど、「音で心が蝕《むしば》まれている。絶対にやりたいんだ！」などと言って食い下がり、熱意だけでなんとか入れてもらいました。そして心を入れ替えてゼロから電子音楽を学ぶことになったのです。

……と、ここまではものすごく長い前置きです。僕はソニーでの挫折体験を経て、「音楽をゼロからやり直さなきゃ。顔を洗って出直すんだ」というリセット願望を持っていました。ここからは、ハーバードで学んだことの話に突入します。多少専門的な話も出てきますが、お付き合いいただければと思います。

「非白人の音楽」の体験

僕が入った電子音楽のコースは、サイケデリックな現代音楽の中心地で、そこではメロディーや音階、和音のある音楽は「トーナル・ミュージック」と呼ばれていました。トーナル（Tonal）というのはトーン、調音という意味で、西洋音楽のほとんどがこの調音に基づく「和音」と「メロディー」で作られているのです。その総体を「トーナルな音楽」と呼びます。

そして、その反対側に「エイトーナル・ミュージック」があるということを学びました。エイトーナル（Atonal）は、「トーナル」に否定の接頭詞「a-」がくっつくことで「調べのない音楽」という意味になります。これは不協和音の「不」と同じような意味ですが、「その和訳がそもそも間違っている」という視点です。

要するに「西洋音楽の和音はヨーロッパの歴史の中で閉鎖的に打ち立てられた一つの系譜でしかなく、他にも解はいろいろある。音に〈不協和〉というものは存在せず、すべての響きは〈協和〉なはずだ」という考え方です。

例えばバリ島のガムラン音階などは、「ドレミ」や「完全5度」「オクターブ」にのっとっていません。非常に乱暴な分類ですが、当時、そういった非西洋の音楽は一概に「民族音楽（Ethnic music）」と呼ばれていました。そして、それを研究することを「民族音楽学（Ethnomusicolcgy）」と呼んでいたんです。

チベットだろうがアフリカだろうが、西ヨーロッパ式の五線譜に表記できない音楽は、全部まとめて「非白人の音楽」。要するに「ワケの分からない、ガチャガチャしたリズミックなやつ」という、植民地時代以来のおまけ扱いをされていたんです。東南アジアなどの音楽を欧米人が聴くと、一般的には「不協和音がガチャガチャ鳴っている」としか解釈できないんです。

そういう「西洋音楽」と「それ以外」の断絶の向こう側に行こうとする試みが、僕の学んだ「前衛」だったんです。「今までの西洋の音楽を中心とした世界観は洗脳の産物だ」と考えて、西洋至上主義からの逸脱を目指した教育方針。つまり、西洋音楽も謙虚に世界中のワールドミュージックの中の1つに分類し、数あるジャンルの一つとして冷静に評価し直そうとすることでした。

例えば、インドネシアの音楽とチベットの音楽が親戚かというと、絶対に違う。それはもう、シナ・チベット語族とインド・ヨーロッパ語族とジャワ語族みたいに全くの別物です。でも西洋人からすると、「目がつり上がって、肌が浅黒いやつらの音楽」ということで、全部同じに聴こえてしまったようで……脱力します。

「西洋音楽」と「それ以外」。断絶の向こう側へ

録音技術のない時代は、西洋人が異文化の音楽を現地で聴いても船で持ち帰ることができませんでした。ところが20世紀になると録音技術が発達し、レコーディングが可能になった。そして非西洋の音楽をテープやレコードで聴くようになり、西洋人はみんな衝撃を受けたんです。

西洋の文明によって侵略され植民地になった国々がたくさんありますが、そこにはもともとご当地の土着の音楽が何千種類とあったのです。

テープレコーダーが一般化したのは第2次世界大戦後のこと。もともとナチス・ドイツで開発された録音技術が普及したのですが、世界のあちこちにテープレコーダーを持ち歩けるようになると、西洋人はアフリカ、バリ、世界中のジャングルなど、白人の文化が及ばなかった奥地に入って行って、秘境の音を採取し、持ち帰るようになった。そしてそれらの音楽がレコー

ドやラジオ放送などで複製され、多くの西洋人の耳に入る。若き音楽家たちは異文化の音楽そのものに出会えるようになり、「ここにこそ音楽の原点がある！」と熱くなって研究したのです。

非西洋の音楽には、もちろん日本の伝統的な音楽も含まれます。明治以前、つまり文明開化前の時代の「いろはにほへと」のチューニングは、西洋音階とは重ならないものでした。今では和楽器でビートルズのヒット曲を演奏するパフォーマンスなどもありますが、あれは本来の「いろはにほへと」の音階を無視して、西洋の「ドレミ」に無理やり合わせているんです。

西洋の五線譜に表記できない音楽が、かつて世界中には無数にありました。ただし、それは1980年代には、録音されることもなく世界のあちこちで絶滅しかかっていた。西洋人は一口に「非西洋（Non Western）」と呼ぶけれど、種類でいうと非西洋の音楽の種類のほうが圧倒的に多かったはずなんです。

もしかしたらシルクロードやビザンチン帝国をはじめ、歴史上のクロスオーバーや交流もあったかもしれない。だけど、西洋式の音楽が絶対ではなく、優位な文明でもない。前衛には「未開の文明が西洋音楽によって感化されるのは絶対に間違っている。植民地主義反対！」という主張がありました。

電子音楽のコースでは、西洋音楽に慣れきっている耳を「非西洋」にチューニングし直すために、西洋の音楽とは全く違う世界の音楽を学生に聴かせるんです。図書館で資料のカセットテープを借り、ブースに閉じこもって、インドネシア、トルコ、パキスタン、中国、アフリカの音楽を次々と聴いていく。

日本のお坊さんが唱える声明《しょうみょう》も聴きました。声明を西洋音楽と比較して聴くと、ぶっ飛んでいるのが分かる。お坊さんがみんなで一斉に「ウォーンウォーンウォーンウォーン」と唱え続けて、音程も一致していなかったりする。お坊さん同士の音程が完全に離れているとフリージャズのように聴こえるし、音程が近いけどちょっとずれているとうねりが聴こえてくる。タイミングもガムランの場合はカッチリとリズムが合っているけど、声明の場合はリズムも緩い。ぼーっと聴いていると、それだけでトランスに入りそうな感じ。

皇居でも演奏される雅楽は、リズムが等間隔ではなく「間合い」で刻まれる。メトロノームで刻むグラフ用紙のような時間尺ではなくて「トン、トン、トトトトトトトト……ポン」というもの。そのタメの「間」が絶妙すぎて、達人じゃないと分からない。

さらに、取り憑かれたように「オウオウオウオウオウ」と謡《うた》い続けるお能の発声をひたすら聴くと、一種のアシッドトリップ的な状態になる。自分の常識が崩れて、音程のグリッドの中でものを考えていた脳が解き放たれる。カオスに身を委ねる。まずそれが第1段階でした。

音楽はアートであると同時にサイエンス

非西洋の音楽を人類学的、音響学的に考察しつつ、科学の力で解析を試みる。つまり「非西洋（非白人）趣味＋科学」という方程式。これが当時の電子音楽のカッティングエッジ（最先端）でした。

そもそも音の中には構造があり、音色《おんしょく》を作るのは「倍音構造」です。倍音構造というのは、メイン（基音）となる周波数が100ヘルツであるとすると、200、300、400、500といった周波数のエネルギーが、微妙な配分で組み合わさって音の「波形」ができあがることを指します。そんな倍音構造に関しては、20世紀後半になるまで仕組みが分かりませんでした。

波形は音色そのものでもある。その波の形が、時間の中で動く。音楽は、実は非常に数学的なんです。波の形を解析する方法はフーリエ解析をはじめたくさんありますが、そういう視点から見ると、あらゆる音声には規則性がある。音楽はアートであると同時にサイエンスなんですよね。

音の構造が分かるにつれ、学者たちは「ガムランであれ、オペラであれ、洋の東西を問わずすべての音を倍音で科学的に理解しよう」という考え方になっていった。そうすれば、どんな音声であっても究極には倍音の組み合わせでしかないから、数学的に全部が統一できる、統一した場の理論、つまり「音楽のＤＮＡ」があると。

バリのガムランとモーツァルトは絶対一緒には演奏できない。だけど、両者に通底する倍音構造なら抽出することができる。音響学的に理解すれば両方の仕組みが明らかになる。モーツァルトが「上」にあってガムランが「下」にあるのではなく、どっちもそれぞれ、倍音から成る小宇宙。

ベートーベンやモーツァルトを頂点にした西洋音楽は、キリスト教文明の柱の中で繁栄してきた「平均律のグリッド」に閉じ込められたものでしかないのです。

その思想や発想で作られたのが、ブライアン・イーノのいくつかのアンビエント作品です。そのシリーズの中でもトーキング・ヘッズのデヴィッド・バーンと合作した『My Life in the Bush of Ghosts』という１９８１年の大ヒットアルバムは、今聴いて

ブライアン・イーノ＆デヴィッド・バーン
『My Life in the Bush of Ghosts』

もすごい。

アラブ圏、アフリカ圏などさまざまな非西洋音楽の断片をループさせて、それをビートにするというサンプリングミュージックの元祖で、編集作業を全部アナログのテープでやっているんです。ヒップホップ以前にヒップホップの大まかなフォーミュラ（枠組み）を、デビッド・バーンとブライアン・イーノが全部発見してしまっているんです。１９８０年代にはそういったカッティングエッジな音楽がどんどん出てきていました。

周りにある音のすべてが音楽だ

例えば「ポルタメント」という音楽用語がありますが、これは「音階と音階の間にある音」を演奏することです。雅楽は音を区切らずひとつながりに低音から高音まで伸ばして演奏しますが、あれがポルタメントです。あの音は五線譜に表記できません。適当に2つのおたまじゃくしを書いて、間にヒュッと線を引いて、傍《わき》に「ポルタメント（portamento）」と書いてあるだけ。それでは微妙な「タメ」が全く表記できないし、そもそも欧米の音楽家には理解できないし、そんな音楽を作れないわけです。

サックスなどの西洋の管楽器でポルタメントを表現するには、高度な演奏技術が必要になります。口と指を微妙に動かすテクニックを修得するとか、とにかく大変らしいんです。

ところが琵琶《びわ》や笙《しょう》のような雅楽の楽器は、ポルタメントを前提に作られています。笙というドローンが「ファーッ」と鳴って、そこの倍音と音程がポルタメントで曲がって上がっていき、時々、引っ掛かっては外れ、引っ掛かっては外れてを繰り返す様子を楽しむもの。それが西洋だと完全に邪道で、西洋人の耳には理解できない。

西洋音楽の耳は音階というグリッドにハマっている状態。言ってみれば、全くストレッチできない、ガチガチの五十肩のおっちゃんのようなもの。それに対して、ヨガの先生みたいに開脚して体がベターッと床に着くのが雅楽であり、僕が学んだ電子音楽であり、前衛なんです。

西洋至上主義からの逸脱を目指して耳の訓練を積むことで、理解できなかったものがどんどん理解できるようになり、意識がぶっ飛ぶ。一番すごかったのは、「周りにある音のすべてが音楽だ。なぜなら、すべては倍音の集合体だから」ということを自覚した瞬間でした。

倍音構造を操作する

例えばげんこつを作って、堅い机の表面にコンコンと当て、音を出したとします。それを20世紀当時のテクノロジーでテープ録音し、再生速度を半分に落としてもう1つのテープレコーダーにダビングすると、音の高さを1オクターブ下げられる。元の音が「0・7秒」だったとしたら、1オクターブ下は「1・4秒」の長さになり、さらに1オクターブ下は「2・8秒」

になる。これを繰り返してオクターブをどんどん下げていくと、そこに入っていた「音の情報」が次第に聴こえてくるんです。

テーブルをコンコン、と叩いた最初の「コン」の音のピッチを下げていくと、テーブルの木材が共鳴しているかすかな「ブーン」というトーンが入っているかもしれない。その音にフィルターをかけ、周波数の高い音を取り除いて、「ブーン」という部分だけ強調すると、次第にオシレーターが出現したりする。0・7秒のテーブル音から作ったオシレーターです。これが、新たな音を合成する元ネタになるのです。


このように身近な何げない音をテープレコーダー、シンセサイザー、フィルター、イコライザーなどを使って、中にある情報（倍音構造）を操作することで違うものが合成できる。必要な成分を抽出して合成する、いわばＭＤＭＡやコカインを合成するラボに近いことを、ハーバードの教室でやっていました。

当時、最先端だったアナログ・テクノロジーを使って、もともと音の中に眠っていた、人間の意識できない領域にあった暗示的な情報を引っ張り出し、秘密を顕現《けんげん》させていたんです。

科学者が新薬を作るように音を作る

隠れていたものを表に浮かび上がらせて新しいものを作ることが、当時のサイエンスのスピリットでもありました。ウランを濃縮して分裂を起こさせて、その核分裂から爆弾を作ったり、電力を生み出したりするという行為にも似ているし、フロイト心理学の無意識が顕現する理論にも似ているし、クスリをやった人たちの変性意識にも近い。

サイエンスと民族音楽、非西洋主義、人類学、社会学、心理学。中に隠れたものを引っ張り出そうとすること。そこには神秘学（オカルト）もくっついてくる。前衛の行き着く先は、結局ドラッグとか占いとか「あちら側」の世界になるんですよ。ハーバードで僕を教えていた先生は、学生たちには見せないようにしていたけど、実はドラッグとオカルトにもすごく凝っていました。

そして、音楽は「禅」とも結びついてきます。いろいろな要素が渾然一体《こんぜんいったい》となった「Primordial soup ＝原初的なスープ」の中で「禅」へとぶっ飛んでいったのが、音楽家のジョン・ケージです。彼の興味は「音の中のインフォメーションを引っ張り出して、今まで聴いたことのない音を作る」という、音色主義的なところに向かっていました。

新しい音の「場」を作るというか、既存の和音やメロディーの組み合わせではなく「とにかく人間が聴いたことのない、新しい音色を合成する」のが目的で、その試みは科学者が新薬を作るような感じに近いものでしょう。

まずケージは「もう周波数であればいい」と考え、楽器から離れたんです。臨場音とか、楽器じゃないものを曲の中で使う。あるいは楽器をいじって本来ならありえない音を出させる(ピアノの中に消しゴムを入れて、わざと音が不安定になるように改造したり)。楽譜に表記できる音楽を、表記できない音楽にしようとする試みです。

最後には「音の順序が決まっていること、そのものがいけない」となり、メロディーを捨て、音の列という概念をも捨てて、占いで音を決めました。易者《えきしゃ》さんが筮竹《ぜいちく》を投げることを、英語では「イー・チング(I-Ching)」と呼びますが、音をイー・チングで決め、主体的な作家性を放棄したんです。それが当時の音楽の中では破壊的な前衛でした。

絵の世界では、マルセル・デュシャンやハンス・アープといったヨーロッパのアーティストが「主体的な作家性を放棄し、無作為な絵を描く」という実験をすでにやっていました。デュシャンがパリからアメリカに来ていた時期に、ケージはそれをデュシャンから受け継いでいるんですね。よく一緒にチェスもやっていたそうです。

音をランダムに委ねる

オカルティズムや西洋神秘主義をデュシャンやシェーンベルクから受け継いだケージは、次に鈴木大拙《すずきだいせつ》という日本人に出会います。鈴木さんは、アメリカに渡った禅の老師。この鈴木老師との出会いを機に、ケージは西洋の神秘主義からガチンと離れ、脱西洋しました。脱亜入欧《だつあにゅうおう》の逆で、「脱欧入亜」したのです。作品にも『龍安寺《りょうあんじ》』なんて名前をつけたりするなど、禅や石庭、枯山水《かれさんすい》を意識していたようです。ケージに限って言うと、音を鳴らすときの「無作為さ」が「禅」と通じていました。

枯山水にある「ししおどし」は、竹筒に水が溜まって「コンッ!」と鳴るまでの時間の感覚、その周期が一定ではありません。機械ではないので、あの周期は揺れているのですが、ケージはあれが「禅」なんだと考え、自分の作品の音もすべてそれで表現することにしました。

例えばケージが『バリエーションズ』という名前をつけた作品では、紙にブラシでインクをピッと吹き付けて、ランダムにできた大小の点に5本の易の筮竹を落として筮竹の線をトレースし、5本の「線」が解放された五線譜なんだ、と考えました。それぞれの線が個々に意味を持つ。1つ目の線は「音の順序」というパラメーターになり、それぞれのインクの点が、その線にどれくらい近いかで演奏順を決める。2つ目の線は「音色」、3つ目の線は「音量」という風に、5個のパラメーターで、その場で投げた八卦《はっけ》の相を音楽としてレンダリングするというものなんです。

これが実際に電子音楽のクラスで課題として出たことがあるのですが、紙にブシャッと吹き付けたインクを音楽に変換するには、1週間くらいかかるんですよ。

当時はコンピューターもないから、臨場音とか楽器の音を録音して「譜面を実行」していました。例えば「3番目の音符は中くらいに大きな音で、濁っていて、長さは短め」となったとします。それから、それらしい音を探してきてテープに録音し、テープの音を何重にも加工して、テキストの描写どおりに音を合成していく。

ケージの「譜面の実行」は「スコアを演奏する」とは言えないから、この工程を僕らは「レンダリング」と呼んでいました。「演奏」ではなく「データの書き出し」に近いイメージです。レンダリングするときは半分ユーモアを込めて、ストップウォッチを見ながら目覚まし時計をチリッと一瞬鳴らして手で止めたり、テープに録音した唯一つの音を加工して何通りもバリエーションを作るなど、そんな過程をやたらと丁寧に、手塩にかけて作っていました。

学生たちは、むちゃをやっている自分にすごい満足感、達成感を覚える。その過程からなんとも言えない不思議な音が出てくるんです。だからランダムというよりもチャンスオペレーション、人間が意識的にやろうとするのではなくて、チョイスを放棄して偶然に委ねるという、その過程が盛り込まれた電子音楽がすごく多かったんです。ランダム全盛期でしたね。

あらゆる音には「揺れ」が入っている

シンセサイザーの回路の中にも「ランダム回路」というものがあります。ランダム回路の中では非周期の、つまり「一定の周期で繰り返さない電圧」がうごめいている。例えば2つのオシレーターを全く同じ周波数にチューニングしたうえで、片方のオシレーターにランダムな電圧をほんの少しかけると、微妙に周波数のずれが生じるために「コーラス現象」が起きたりする。

ギターのエフェクトで「コーラス」というものがありますが、あれは一定の周期で2つの信号の速度をずらすもの。これを周期的ではないランダムなずらし方にすると、非常に不思議な感じのサウンドが作れるのです。

実はバイオリンであれ、管楽器であれ、人間の声であれ、それぞれの倍音が立ち上がるときには、ある一定のランダムがあります。毎回全く同じように倍音が立ち上がっていくわけじゃないから、そこに「揺れ幅」が生じる。それは筋肉とか風が共鳴して鳴っている管楽器の管の部分に関係しているのですが、あらゆる音には揺れ（ランダムさ）が入っているんですよね。西洋の楽譜は、そのランダムを存在しないかのように扱って、表記していない。

そもそも、西洋音楽を学ぶときには何年もかけて音程を「正しく」歌えるように訓練しますよね。正しい音階から外れたり、揺れたりしちゃいけない。フラットだとかシャープだとか、歌声が揺れる人は「音痴」だと言われる。それを肯定して、あえて乱雑さを取り込んでみたらどうだろう？　実際の楽器の中で起きている音色のランダムな揺れをトレースするように。倍音のグルーヴをなぞって。

そうすることで根底から違う音楽が生まれると僕は思います。聴く人の耳も根底から変わる。音階の構造がエンコードされたシナプスの奥にまで手を伸ばし、一個人が音階そのものから離脱して、どんな音にも「音楽」という肩書を与えるというのは圧倒的な行為なんです。その音への違和感、「こんなの音楽じゃない」というとっさの拒絶反応を乗り越えることは、タブーの領域に抵触することでもあるのです。今もって日本に足りないのは「揺らぎ」です。音楽家の皆さん、枯山水を思い出してください。

カラオケとパブロフの犬

僕が学んだ前衛に対して、現代の日本の商業音楽というのは「歌いたい」「酒が飲みたい」「踊りたい」「感動したい」など、心身のオナニーでもあるマスゲームのようなものです。

カラオケ店の前を通ると「永遠とぃうー」とか「果ーてーしーなーぃー」みたいなテンプレートに沿ったJ-POPの歌詞が聴こえてきて、それを聴くとみんなパブロフの犬みたいに酔っぱらって歌が歌いたくなる……。そして「これが音楽です」と言う。でもそれって、ファストフードしか食べることが許されない、ラボに監禁されたネズミみたいなものだよ？　発がん性物質の入ったファストフードを毎日食べさせられて、白衣を着た人間にどうなるか観察されているかわいそうなラット。日々、人体実験の被験者。MKウルトラ計画。紋切り型のJ-POPを聴いていると、日本はすでにある種、理想的な北朝鮮のように思えてきます。J-POPマンセー、ジャスラック・マンセー、カタカナ英語の歌詞マンセー！

このゲシュタルトで、われわれはマトリックスに封じ込められています。すべては「音階」という考え方のグリッドから始まっていますが、ある意味、言語もそうなのかもしれない。日本語と英語でも、中国語とフランス語でも何でもいいですが、言語と言語の間には、お互いに翻訳不可能なニュアンスの領域があります。しかしそれらの領域は、翻訳の過程で強引にそぎ落とされてしまう。映画の字幕なんて、文字数の都合で情報が間引かれているひどいものですよ。

ではなぜ「ロスト・イン・トランスレーション」が起きるのか？　それはやはり、元の言語を他の言語のグリッドにスナップさせるために、利便性とか効率性とか諸々の理由で、グリッドからはみ出した情報を排除するしかないからなんです。そして、このあたりにマイノリティー排除の論理や差別に通ずるものがあります。音階、言語、差別、階層。これらの奥には無意識のグリッド構造があるのです。

第3章

グリッドから解放された世界

——禅とダブステップでポピュリズムと闘う

「ドレミ」のグリッドから外れた音程

「ドレミ」のグリッドは、音楽以外にも通じます。そもそも欧米の考え方は、日本に比べると総じて大味です。ヨーロッパに行くと水道水がまずくてしょうがない。アメリカに行くと「これを人間が食うのか？」と思うほど大味で巨大なハンバーガーと、ペプシとポテトチップスとピザが出てきますよね。

西洋はそういう大味な文化だから、「もうこの際、思い切ってドレミのグリッドの外にある音階を捨てましょう」という話になるわけです。

では、どうすればドレミのグリッド外にある音を発見できるのか。

例えば水がちょろちょろと流れている音。ゲリラ豪雨の音。あるいはノイジーな交差点で人や車がばーっと通っていく雑踏《ざっとう》の音。それらを録音して、音のスピードを変えたりしながら加工しつつ何度も繰り返し聴いていると、そこから自然に「ドレミ」のグリッドから外れた音程や、クラシック音楽の「4分の4拍子」に当てはまらないリズムが聴こえてきます。

こうすることで、子どもの頃から西洋音階にどっぷり漬かってきた耳を持つ欧米人であっても、「ドレミ」ではなく「ドとレの間にあるどこか」の音程や、ぐにゃぐにゃのブロークン・ビーツなリズム情報を認識できるようになる。

そこにあるリズムが、いやリディムが、グルーヴが真実。音楽じゃないはずのところに音楽があった。ふと聴こえる一期一会《いちごいちえ》の環境音の中に、とてつもないグルーヴが入っていたことを悟る。


もっと身近な例を言うと、電車に乗っているとき一定の間隔で聴こえてくる「ガタンガタン、ガタンガタン」というあの音。あれが音楽に聴こえるという現象がありますよね。この現象は、実はどんな音でも起きるんです。極端な話、規則性のないむちゃくちゃな音であっても、2〜3秒ぐらいのループを繰り返し繰り返し聴いていると、脳が音と音の「間合い」を記憶し始めて、メトロノームやポップ音楽のリズムと同等に聴こえ始めるのです。

これを「洗脳されていく」と考えることもできますが、「そもそも子どもの頃から習った音階やリズムそのものが洗脳だった」とするほうが正解でしょう。


何度も聴き返しているうちにそのループが音楽の一つのジャンルになってしまっている自分としては、頭の中でシナプスが輪を作って閉じたようになっています。いわば、固有の音程と時間のグリッドが自分の脳内ローカルで生じているのですが、そのループを他人に聴かせても、最初は音楽ではなく「環境音」としてしか認識できないはずです。

認識と認知の中で、音楽じゃないはずのものからリズムや音楽を抽出して、自分の中で音楽を作り出す。これこそが魔術です。そしてこれは「個人対社会」という関係性に置き換えることもできます。

感覚のグリッド

社会は12音階のような「感覚のグリッド」を生み出し、「道徳」や「常識」の名のもとにあなたを縛る。アナルセックスやSMは良くない、麻薬は良くない。それらは、グリッドから外れたセックス、人の道を外れた行為。そんなことをするなんて、感覚が狂っている、堕落だ、歪んでいる、障害である、病気である……ということにされる。

環境音を聴いて最初から「これはリズムだ、音楽なんだ」と解釈できる人がほとんどいないように、ペニスをお尻の穴に入れて、最初から「気持ちいい」という人はあまりいない。やっぱり最初は「そこはウンコをするための器官で、セックスをする所じゃないよ」と体が嫌がるんです。ところが、慣れてくると「そっちのほうがいい」という風に、フェーダーがAからBにスイッチして、感覚がクロスオーバーする。

これは、要するに違和感に対するレスポンスを自分の中でチューニングし直しているんです。もちろん、人によっては「何度やってもやっぱり痛いから嫌だ」など、反応には多様性がありますが。

アナルセックスをしたことのない人１００人のうち、初めての経験で「痛い」と思う人が90人いたとしても、残りの10人は「なんだかこれ、面白いな」と感じるかもしれない。そんな感じでマイノリティーが生まれる。自分がその10人に入っていたら、「正しい性の作法」というグリッドから抜け落ちることを自分から選んでみたとしたら、どうだろう。アナルセックスを体験して「なんだこりゃ」とびっくりしてみるのもいいんじゃないか？　と僕は思う。

すると……（するっと、じゃないよ）、そこに「禅」の考え方が入ってきます（「禅とアナルセックス」という言葉の響きはすごいね）。要は、違和感を受け入れることができるかどうかなんです。

退屈を見つめる

禅の考え方について、少し踏み込ませてください。

「退屈だ」とか「なんでこんなことをやっているんだ」ということを、見つめて訓練するのが禅です。

禅には、達磨大師《だるまだいし》という仏教僧が、沈黙して壁をひたすら9年間見つめ続けたという伝説があります。これを「面壁九年《めんぺきくねん》」と呼ぶのですが、マインドを止めると退屈を通り越して、次第にそこにある真実が見えてくるということです。
人間は、結跏趺坐《けっかふざ》して「じっと座って何も考えないでいてください」と言われると、余計に何かを考えてしまうものです。「足が痛いな」とか「顔が痒いな」とか。これはもう動物的な本能だから、絶対にそうなります。要するに身体が「何もしない」という状態に抵抗するんです。痛みや痒みをシグナルとして脳に送り、なんとかして「何もしていない状態」をやめさせようとします。

ヨガをやると筋肉や関節が柔らかくなったり、自律神経が調《ととの》ったりして瞑想しやすくなっていきますが、体も心も徐々にしか変わりません。本能が自分を邪魔しなくなるまでに時間がかかるのです。それが修行です。

その次の段階がもっと厄介で、思考が退屈し始めます。瞑想状態をやめさせようと、自分の中にいる「猿」がひたすら暴れだす。このことを仏教では「猿の意識《モンキーマインド》」と呼びます。この猿は退屈が嫌いで、焦り、性欲、トラウマ……何でもいいからとにかく刺激を与えて、瞑想をやめさせようとします。
最初は耐え難い退屈でも、続けるうちにそれにも慣れていく。つまりすべては慣らしていく過程なんです。沈黙と無音の中に新しい地平が広がり、やがて今までよりずっと広いところに抜け出たという手応えを感じます。

また、退屈によって絶えず生まれる、新しい思考があります。

瞑想をやめさせようとあがいている自分を、少し冷静に見つめるもう一人の自分がいる。さらに瞑想を続けていくと、だんだん自分のことを客観視できるようになり、のちに他人事のようになっていくのが面白い。

それで終わりではなく、坐禅、メディテーション（瞑想）の習慣をずっと続けていくと、今度は心が子どもの頃にさかのぼり、秘められたあらゆる感情が続々と出てくるようになります。昔話の『舌切りすずめ』で、大きいほうのつづらを開けたらオバケが出てきたというオチのような感じなのですが、これは一種のデトックス現象で、自分の奥にしまい込んだ感情（大体はネガティブなもの）が噴き出てくるんです。

これは自分の中にいる猿が、過去の心の傷などを思い出させたりして、驚かせようとしているんです。猿はメディテーションが嫌だから、あらゆる手段を使って強い刺激を与えてくる。モンキー・オン・マイ・ショルダー。

猿は、テレビの低俗なバラエティー番組のように人間の嫉妬心や感情を揺さぶって、思考をワイドショー化させようとする。湧き出てくる感情は、たとえ子どもの頃のものでも、さっき起きたばかりのことのように鮮明にプレイバックして、涙も流れてくる。

過去のネガティブな感情と向き合うと、大体の人は悲しくなるし古傷が痛むから、「嫌だ、こんなことやって何の意味があるんだ」とやめてしまいます。ところが、そこにはちょうど良いバランス、加減の良いバランスというものがあって、自分の中の本当に真面目な悩みとか極端な感情に対して「ああ、これは猿のハッタリだな」と、自分に対して客観性が出てくるようになる。

ネガティブな感情の波が押し寄せてきても、動じない。ヤクザに怒鳴りつけられていても「ああ、そうですか」と大した反応をせず、相手がカッとなって殴ってきたらその瞬間、隣の部屋に張り込んでいた刑事《デカ》が踏み込んできてそいつは御用。というくらいのイメージ……「こっちが罠を仕掛けているんだぞ」ぐらいの心意気で、猿を捕まえろ!

煩悩に支配されるな

われわれが教科書で教わったとおりのグリッドの中で生きている限り、それはある種の苦しみ、憂《うれ》いをもたらします。煩悩《ぼんのう》は「煩《わずら》わしい悩み」と書きますよね。

「煩悩」の仕組みをネコに例えてみましょう。僕のうちにはニャンコが2匹いますが、彼らは何かを1回気にしたらロックオンしちゃって、「わー」っと興奮して止まらなくなります。

ある意味、ネコはその一瞬を生きることに最適化されているから、それでいい。
ただ人間は動物と違って考える能力があります。だから1回執着したものや、ネガティブな感情を後々まで引きずって、折に触れては思い出すなど、執着のループが止まらなくなるんです。

自分の中が、その都度起こる煩わしさに気持ちを支配されてどうしようもなくなると、そこからさらに煩悩が枝分かれして、次の2つの煩わしさ、その両方がさらに分岐して4つの煩わしさになり、終わらなくなってしまう。

一度執着のループにはまり込んでしまうと、次第に客観性がなくなっていき、結局悩むことが面倒くさくなって「こんなに苦しいのは、俺じゃなくて他の誰かが悪いからなんだ」と犯人探しを始めてしまう。親が悪い、別れた恋人が悪い、社会が悪い……苦しみを誰かのせいにして、自分は被害者であろうとする。そのエクスキューズがオナニーになり、苦痛に対して気持ち良さを見出そうとする。時には苦しみが欲望と結託して、「あの女を手に入れれば、あのアイドルを俺のものにすれば、この苦しみから逃げられる」と思い込み始めたりもしてしまう。

でも、それは嘘です。誰かに憎しみをぶつけても、アイドルを誘拐して部屋に監禁しても、駄目な自分しか残らないですよ。最後に刑事さんに手錠をかけられて、とめどなく泣く……。

2ちゃんねるの有名なテンプレート（コピペ）と同じです。

>>1の両腕に冷たい鉄の輪がはめられた。
外界との連絡を断ち切る契約の印だ。

「刑事さん・・・、俺、どうして・・・
こんなスレ・・・たてちゃったのかな？」

とめどなく大粒の涙がこぼれ落ち
震える彼の掌を濡らした。
「その答えを見つけるのは、お前自身だ。」
>>1は声をあげて泣いた。
ﾀｲ――――||Φ|(|ﾟ|∀|ﾟ|)|Φ||――――ﾎ!!!

「何もしない」ということのトンネルをくぐる

人の心は執着する。「こうしなきゃいけない」という執着心がある限り、それがまた次の執着を生む。「瞑想なんてばかみたいなこと」をやっている自分も駄目で、そこから解脱したいとも思っている。要は、「執着する自分から逃れたいと思っている」ことも執着なんです。

その意識がなくなって、「もういいよ、好きにして」という、あっけらかんと窓をすべて開け放つような一種の諦めと開き直りの境地に達すると、心が天井まで浮かぶような感じで、自由になるんです。

禅とは、自分の脳にあるシナプスのつなぎ換えで心を鎮めることによって、思考のグリッド、物事を考える論理的構造を外れることです。とにかく今まで信じていた「意味のあること」の枠がなくなる。これはいいこと、あれは悪いこと、好きな人、嫌いな人とか、これはやりたいこと、あれはやりたくないことみたいな、白と黒に分かれていた世界にあった「分別のロジック」そのものが崩壊して、あるがままの状態になる。

ロジック（論理）とは客観的で中立ではなく、主観だらけなんです。結局は感情に裏打ちされた思い込みの連続で、その感情を見つめることはアプリオリ（何よりも最上位にあって、疑ってはならないこと）で許されない。人間は社会の中でそういう風に訓練されてしまうんです。

だからそこから自由になってしまえば、世の中の真ん中にいながら世捨て人になれる。

「何もしない」ということのトンネルをくぐって、グリッドのフィルターを通してしか見ていなかった現実をフィルターなしで見たとき、全く同じ現実なのに、さまざまな色、感触、音色、リズムを発見することができるでしょう。「おお、目の前に七色の世界が広がっている。LSDと同じだ。これはすごい！」と気づく瞬間、それが禅なのです。おそらく、ジョン・ケージが鈴木大拙の禅に大ハマりした理由はここにあると僕は思います。

ジョン・ケージと禅

ここでまた、禅から音楽の話に戻っていきましょう。

ジョン・ケージは、鈴木老師から禅の精神を受け継ぎ、美術家マルセル・デュシャンから西洋神秘主義やオカルト、ダダイスムを受け継ぎました。

マルセル・デュシャンは、パリからアメリカに渡ったフランス人で、「ニューヨーク・ダダ」の中心人物とも呼ばれていました。第1次大戦が終わった後のワイマール時代、ナチス前夜、そんなヨーロッパの戦火からアメリカに亡命してきた人です。

ケージは彼と親交を持ち、デュシャンが構想する神秘的なランダム、チャンスオペレーションという手法に出会いました。これは第2章でも紹介した、「物事を自分の能動的な意思を介さずに、勝手に出来上がったものをアートだと認定してしまう」という一種の反芸術な思考のトリックです。そこからケージは占いに興味を持ち、デュシャン経由で東洋神秘主義の易に行き、もう片方では鈴木老師が教える坐禅を実践しました。ケージの芸術スタイルの源流が、このあたりにあります。

僕の電子音楽の先生は、ケージの精神を受け継いでいました。いわゆる西洋人にとっての禅を、おびただしい電子音響機器と録音機の接続で感じようとしていたんです。

音階のあるすべての音楽と闘う「独りジハード」

大学生の頃の自分には、「音楽を通じて東洋と西洋の神秘的なつながりを見つけた」という達成感とともに、「これを世間に発表したい。これで世の中が良くなるぞ」という思いがありました。当時は自分に対して客観性が持てなくて、そこに執着心や承認欲求もあったんですね。

「自分は神を見た。振り返るとこの世は汚れ、堕落している。みんな怠慢でやる気のない人間ばかり。便利な中で生き、他人の不幸を見て見ぬふりする。邪悪だ。これを炎でクレンジングして、世界を灰にしてつくり直さなければ」というのが原理主義の考え方。キリスト教であっても、アルカイダであっても、イスラム国であっても、現代音楽であっても、考え方は同じなんです。

音楽のグリッドから解き放たれた僕は、「音階のあるすべての音楽と闘わなきゃいけない」という風に、異教徒と戦う「独りジハード」を始めたんです。あのままなら純粋なアルカイダにもなれたでしょう。とにかくグリッドから外れっぱなしでいようと世間にあらがった。

独りだけ、独りぼっちの勘違い野郎であるところの若きモーリーは、「広島で育った自分の中の文化の衝突、苦難、家庭の問題すべてから解脱するのだ。無音階の音楽で世界を解放する、救うんだ！」と一生懸命。孤独に頑張っていました。

出会う人出会う人にスタジオで編集して録音したカセットを聴いてもらう行脚《あんぎゃ》もしましたが、80年代当時のアメリカでは笑い者でした。日本語を勉強したことがある年上の白人女性と付き合った時、真心を込めて作ったカセットを彼女に聴かせたら「もっと、普通の音楽を作ったほうが売れるよ」と言われて喧嘩になったこともあった。そんなことの連続だったんです。

ヒップホップへの反発

当たり前ですが、世の中は「悟り」ではなく資本主義によって動いていました。80年代、日本のヤマハが「DX7」というFMシンセを発売し、全世界で大ヒットしたために、電子音楽に欠かせない「モジュラーシンセ」が淘汰《とうた》されていきました。モジュラーを製作する工房がどんどん閉鎖していき、アメリカの名器「プロフェット5」を産み出したシーケンシャル・サーキットという会社も倒産。アナログ時代の音楽的な感動をハーバードで受け継いだ瞬間に、日本で大量生産されたデジタルシンセによってアナログの電子楽器が押し流されました。

80年代にデジタル革命が起きて「サンプラー」が普及した時、最初にぶっ飛んだ使い方をしたのは、ヒップホップのDJたちでした。彼らは、アフロ・キューバンな音楽の伝統を受け継ぐジャズレコードをサンプルして、リズムのループを作り出した。サンプルの頭とお尻がぴったり合うように職人レベルのチューニングを行い、そのリズムに合わせてMCがラップを始め、ラップの韻《いん》を踏む「ライム」も最初は標準的なフレーズの終わりに限定されていたものが、フレーズの途中でも韻を踏む方向にどんどん進化し、深まっていった。

当時、電子音楽スタジオの学生たちは「俺たちがここでずっとテープでやっていたことが、サンプラーを使えばボタン操作でできるようになるんだ。すげえ！」と興奮しました。ただし僕の場合は、サンプラーがポピュラー音楽の作り手に普及するにつれ、冒涜されたような気分にもなったんです。アナログのテープを切り貼りするうちに発生する偶発的な音響やグルーヴは、いわばいろいろな物体が寄せ集められたオブジェ。その上からギターやシンセ、ディスコ調のビートや歌をかぶせるのは「邪道」という認識がありました。

「せっかく音楽のグリッドから外れて、あるがままの音を、あるがままの宇宙を感じているのに、なんで元のグリッドに戻してパッケージにするんだよ、結局それかよ」という反発。東洋の音楽をサンプリングしてピッチや時間に補正をかけ、西洋音楽のネタに変えていく作曲法、あるがままの音を欧米式の音楽展開に戻すことに対して、なんとも言えず侮辱されたような気分になり、腹が立ったんです。

例えるなら、みんなで坐禅をしている横で、子どもがスーパーマリオを持ち込んで、ピピッピッピピリッピーと遊んでいるのを「うるさい！　やめなさい！」と怒るみたいな感覚です。

本当のアドバンストな禅の達人は「これこそが禅だ」と言うでしょうね。すべてを許容して、子どもと一緒にスーパーマリオを遊べるレベルが、本来到達すべき境地だったのかもしれない。でも80年代当時の僕は小坊主で、若い頃の一休さんのような青竹だった。

いうなれば、イギリス人がアフリカやインドから持ち帰った調度品を庭園に並べて、それを見ながらハイチとかジャマイカの奴隷労働で作られた砂糖の入った、南アジア、インド産のお茶を啜るところを見ているような感覚。そういう植民地主義で帝国主義の上に成り立った「快適なイギリス」は欺瞞的《ぎまんてき》だし、嫌悪感がある。宗主国が自分たちの植民地国をバカにしているような行為で、オリエンタリズム。それに近いものを、当時のヒップホップにも感じたんです。

音階に縛られないダブステップのクリエイターたち

90年代にはパソコンの時代が到来し、2004〜2005年ぐらいからパソコンの処理能力がサンプラーを超え始めました。コンピューターの音声処理能力をDSP（Digital Signal Processing）と呼びますが、Macだと2004〜2005年あたりに、その性能がぐーんと上がった。一般に出回っている価格帯のMacでも、音響をリアルタイムでいじれるようになったんです。さらに、ピッチシフトやタイムストレッチという技術を使って、音程も音の時間尺も自在に操れる「Ableton Live」というソフトが出てきました。

音をタイムストレッチ（長さを編集）することで、BPM（Beats Per Minute／演奏のテンポ）を揃えたり、ビートの一部を切って移動させたりといった編集作業がどんどん細かく深くできるようになって、Photoshopで画像を加工するように音を自在に加工できるようになっていったのです。

コンピューターの音声処理能力の向上とともに、まるでシェールオイル（頁岩《けつがん》〈シェール〉などの地層から採取さ

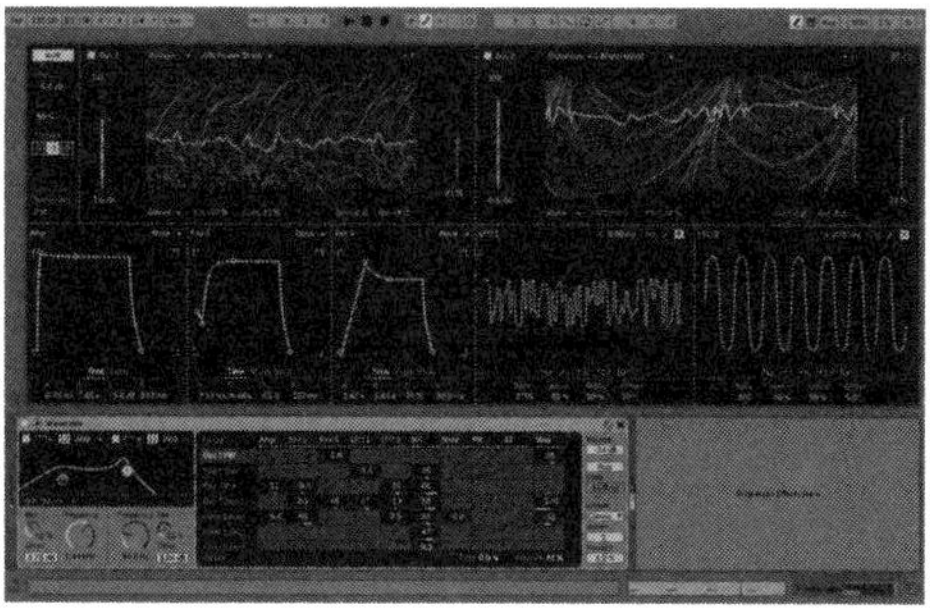

Ableton Live

れる非在来型の原油）を発見したかのように音響そのものの価値が再発見され、その技術は、僕が今ＤＪでメインに扱っているジャンル「ダブステップ」へと流れ込みました。

ダブステップのドロップ（ポップスでいう「サビ」のような部分）では、もはや音を「純粋な音響」としてしか扱っていない。ダブステップとかトラップの楽曲のほとんどは、キーが「Ｆ」か「Ｆマイナー」で、ベースの音もＦだけでメロディーがありません。

なぜＦなのかというと、大型スピーカーでそれが一番「ミシミシ」いう最低音だからです。それより下げると、ベース音の波の長さが大抵のスピーカーの直径を上回るのでうまく再生できないので、ドロップでは音階がＦから上下しません。

曲の中でドロップに向けて期待を煽るように、ちょろちょろとメロディーが鳴っている部分を「ビルドアップ」と呼びます。それがかかると、オーディエンスはみんな「あ、ドロップが来るな」と期待し、うずうずして待っている。盛り上がりが最高潮になるドロップは、ほとんどＦの１音だけ。つまり、12音階に縛られていないんです。

ダブステップの若いクリエイター、つまり最初から現在の快適なデジタル環境の中で育った人たち（特に１９９５年以降に生まれた若者）は、音を初めから「画面の中の波形」として見ているわけです。彼らは蓄音機の時代を知らない。ハードディスクすらなくて、物理的な実体のないフラッシュメモリーの中の波形、ゲジゲジを見て「これが音だ」と思っている。

彼らにとって、音は当たり前のように加工するもの。いろんな関数やフィルタで処理をして、レンダリングをして書き出して聴くものという風に体で学習している。デジタル技術が進化し、音を自由自在に加工できるようになった結果、若者たちは音階のグリッドから解放されていた！　これはぐるっと回って歴史のいたずらです。

ダブステップと禅

ダブステップを作っている人たちは、音響のテクニックとして不協和音から倍音を抽出したり、テイストの違うスパイス同士を組み合わせてカクテルドリンクを調合するように音を作っています。

ドアを閉める音を打楽器音に加工するなど、どんな音であってもダブステップのプロデューサーやＤＪたちは波形（素材）としてしか見ていない。

「ぽん」とテーブルを打つ音を録音したとしましょう。その音自体は短いけど、そこにはテーブルの振動が入っている。これを上手にフィルタリングしてタイムストレッチをかけると、中からベース音を抽出することができる。そういう乱暴な、まるで音を冒《おか》すかのように、むちゃくちゃにこねくり回すことで、音の奥に入っているエキスを導き出している。僕にとってはそこがシェールオイルを思わせるんです。

ちなみにシェールオイルの採取に使われる手法は「フラッキング（水圧破砕法）」と呼ばれています。地表から深く掘削《くっさく》し、岩石の間にあるガスや石油を、薬品を使って強引に抽出していく。その際、化学薬品が帯水層に入り水道から流れ出てきちゃうなどの副作用もひどいらしいのですが、ダブステップは、音をまるでフラッキングしているように思えるのです。

音声をつぶして大根おろしやもみじおろしにして、そこにマジックマッシュルームおろしとかいろんなものを混ぜちゃって、とにかく強引に音のＤＮＡのレベル、細胞レベルまで入っていって、いじって、新しい音を作り出す。ある種遺伝子組み換えにも通じるような話なのかもしれない、いけない遊び。ただ、音楽を作っている人たちは本当に自由に、そこに生まれてくる偶発性の音を楽しんで、ゲームのように楽しい音楽を作っているし、解放感がすごくある。これって、僕がハーバードで学び、実践していたことと同じなんです。

なので、ダブステップに出会った時、僕は「やった！　前衛と禅とダンスミュージックの精神がぐるっと回ってつながった！　ケージさん、聴こえますか！」と甚《いた》く感動したんです。鈴木大拙も大喜びですよ。まあ、戦前の日本で「禅とは何ぞや」という本をすでに書いていたみたいだけど。

もう「禅とは、音とは何ぞや」「ダブステップとは何ぞや」という世界ですよね。

ティーンエイジャーが手にした巨大なツールボックス

ダブステップ以降に生まれてきたモンスターな楽曲には、ゲームの効果音も多用されています。ゲームの感覚が、若い人のクラブミュージックと一体化しているんですね。

「チップチューン」と呼ばれるアルペジオのテクニックがあるのですが、その音作りのノウハウもみんな共有しています。

「Xilent（ザイレント）」というポーランド出身のアーティストが、2013年に「Boss Wave」という曲を発表しましたが、その中に、スーパーマリオの効果音にそっくりな音が入っていて、これが話題になりました。

それがきっかけで「俺たちゲーム世代、やろうぜ！」と若いクリエイターたちに火がつき、それ以降、大体どんなモンスターの音にも、どこかに小さくチップチューンが「ちゅるりん」と入っているんです。マリオとかの昔のゲーム音をアルペジエーターで再現したり、あるいは本当に古いゲーム機から録音したサンプル音源を突っ込んだりとか。ゲー

Xilent
「Boss Wave」

ムへのオマージュですね。

今のティーンエイジャーは巨大なツールボックスを手にしています。テレビの音だろうが、映画の音だろうが、セリフだろうが、何でも好きにあつらえて、かつて『スター・ウォーズ』の音を合成したようなハリウッド級の業務用ソフトと同じ精度を持つ音響ソフトで、波形の頭でぴっちり切って違和感がないように加工できる。すごい時代だな。そういう意味では、この混迷の時代でも色鮮やかな希望が持てる気がします。

音楽が達成した進歩的な未来

僕はかつてアナログがデジタルに取って代わられた時代に猛烈な反発を覚え、音楽に対して「断食《だんじき》」をしてでも自分の美意識を貫こうとしました。でも今のレベルにまで音楽制作ツールが進化してしまうと、かつての自分の潔癖さは野暮《やぼ》に感じてしまいます。

音楽制作ソフトを使えば、12音階のカラオケっぽい歌ものを作れたり、その曲を書き出したファイルをぐしゃっと破壊して、全然違うものに改造することもできる。例えばJ-POPとかK-POPのサンプルを持ってきて、解体と加工を重ねて全然違うものに改造し、最後にドロップを付け足す。マクドナルドの「M」のロゴをマリワナ（Marijuana）マークにしたTシャツがあるように、既存のものを別の角度で解釈して作り変えてしまう。これがダブステップの精神です。

音楽ツールもオーディエンスの意識もアーティストも、どんどん進化していきました。ただ、現在の地点に行き着くまでには、日本の楽器メーカーが世界を席巻《せっけん》し、先にあったモジュラーシンセが淘汰され、次にパソコンの時代が来て、日本のシンセをパソコンにソフトとして内在化させたという流れがあります。ところが今度は、ソフトが飽和状態になり、アナログ時代のモジュラーシンセがリバイバルするという現象が起きています。だから、そういうぐるりと回った偶然性も含めて進化していった歴史を見ると、音楽は非常にエキサイティングな状況に来ていると、僕は楽観視しています。

音楽は前進し続けている。グリッドに縛られない表現方法がどんどん出てきて「人間はグリッドから解放されることができるんだ」という明るい未来を感じます。

僕は子どもの頃、「未来の人たちはみんな宇宙ステーションにいて、空飛ぶ車で移動しているんだ」とイメージしていました。現実の世界は違ったけど、音楽だけは本当に進歩的な未来を達成しちゃいました。

時代の変化に付いていけなくなった人たち

人々が12音階のグリッドに縛られていた頃は、例えばキーボードの88個の鍵《けん》からはみ出した音は、（ヴァイオリンの仲間などの弦楽器以外は）技術的に出すことができませんでした。ピッチベンダーもないし、デジタル技術もなかったから。要は88鍵で定義できる音楽の外に存在する音楽を想像できなかったんです。自分ができないことは、体験するまで想像できない。

88鍵の中で作った音楽を1度テープに録音し、スピードを徐々に変えて、ピッチベンドをする。それができるようになっても、その「向こう側の世界」が片鱗《へんりん》でも見える人はとても少なかった。

多くの人たちは「ピッチベンド？　12音階のグリッドからの解放？　なんでわざわざそんなことするの？」と無関心、無感動。その一方で、ある種のビジョンというか、才能というか、透視能力を持った人は、その断片を見た時に「あ、違う世界が来る」ということを感じ取っていたわけですよ。その先の世界が見えた人は興奮する。これは、人類の変化する速度の問題にも通じます。

これを別のことに例えてみましょう。かつてアメリカでは、異人種間の結婚が法律で禁止されていました。やがて法律が改正され、「黒人と白人が結婚してもいい」となった時に「これが新しい世界なんだ」と考えた人と、「そんなことやっちゃ駄目だ。黒人と白人の子どもは生まれちゃいけない子なんだ」と言う人がいました。でも、前者の考えを持った人たちがだんだん増え、オバマの時代になったんです。

時代が変われば、価値観も変わる。だけど価値観や美意識が変わる時には環境がまるごと変わってしまうから、それに付いていけない人が淘汰されてしまう。そして、アメリカではそういう時代の変化に付いていけなくなった白人たちが、トランプを熱烈に支持するようになりました。そう。この話は、綺麗に現代のポピュリズムへとつながっていきます。

自由で進歩的な未来と逆行する政治の世界

自由で進歩的な未来を実現した音楽に対して、政治の世界は逆行しています。クエスチョンしてはならない価値観や美意識、生理的な条件反射だらけ。グリッドからはみ出した者を許さない「排除の原理」が世界的に強まっています。

サウジアラビアでは宗教警察が、「女性が車を運転した」とか「女性が出歩くときにスカーフをしなかった」などという理由で、その場で女性に暴力を振るう事件が起きています。暴行を目撃した人がその様子をスマホで撮ってネットにアップ。それを世界中の人たちが観て「なんだ、このくそおやじ、何やってるんだ、女性を殴るなんてひどい！」と怒り、アラビア語圏からサウジの宗教警察に対する罵倒が書き込まれました。しかし、サウジの宗教警察は特別な絶対権力です。サウジ政府は宗教右派にイデオロギーを乗っ取られているので、沈黙する。痩せ我慢をしながら「外国の価値観は知らん。サウジにはサウジのルールがある」というダンマリを決め込んでいるのです。

こういった不寛容さの噴出は、全世界で同時に起こっている現象で、インドネシアや中東諸国も宗教上の締め付けを強くしている。言わずもがなフィリピンにもマッチョで下品な強権的大統領が出現しましたよね。

プーチン政権のロシアでも、ロシア正教会がＬＧＢＴを攻撃し、「欧米式のフェミニズムは駄目だ。女に平手打ちするぐらいなら罪に問わない」という「平手打ち法」を通そうというロビー活動を応援していたりするんです。

本来の人間は自由で楽しく、伸び伸びしていいはずです。みんなそれぞれの価値観があって、人それぞれ異なるグルーヴがあって、それらを組み合わせた音楽を聴いているうちに、都度都度、世界に一つしかない花が咲く。それを許せずに「そんな花は駄目だ。管理された種子を決まった間隔で植えて、マニュアルどおりの収穫をしろ」みたいに、花を摘んで回る宗教警察のような存在が世界中にいるんです。

アプリオリをクエスチョンする

クエスチョンしてはならない価値観や美意識とは、そもそもどういうものなのか。

例えば「ペニスをお尻に入れちゃいけないんだ」という人たちが、お尻に入れて楽しんでいるゲイの人たちを反動的に取り締まろうとしているとしましょう。ではそもそもなぜ、男性同士のアナルセックスが許されないのか。それは「男性同士がお尻でセックスをしちゃ駄目」とキリスト教会が決めたからです。でも実はその前の時代のローマやギリシャでは、そっちのほうがいいセックスだとされていたように、価値観や善悪の判断基準は相対的なものです。

突き詰めていくと最後は「なぜなら聖書にダメだと書いてあるからだ」と、アプリオリの問題になる。アプリオリとは「a priori」というラテン語で、「何よりも最上位にあって、疑ってはならない」という、ピラミッドの頂点のことです。その頂点のすぐ下に、こちらを監視する目玉がついていたりする。1ドル札のフリーメイソン。「誰か見てるぞ」ってね。

アプリオリはどこにでもあります。中国の世界観では、中国こそがアプリオリであって、アジアの盟主であり、世界の真ん中の国だから「中の国」なんです。だから日本も含めて「周囲の国々はすべて属国になるか、貢ぎなさい」という中華思想がある。彼らの世界観では、自分たちが首都とした西安《シーアン》、北京《ペキン》、洛陽《ルオヤン》が世界の中心です。

北朝鮮は、あの思想の中で世界史のグリッドから離脱した自分たちの勝手な歴史を作っていて、それがアプリオリです。北朝鮮は危険な存在ですが、彼らの「朝鮮民族が人類の発祥の起源であり、全世界の中心。それは考古学的にも立証されている」という主張は、痛いし悲しいですよね。

何をやってもうまくいかないから、「自分たちは生まれながらにして他国民より上なんだ」と信じ込んで自尊心を満たすという考え方は、韓国にも中国にもあります。結局、どの民族も「自分たちが世界の中心で、最初の文明を打ち建てたのも自分たちだったから、一番偉い」と言いたいわけです。

しかし、日本人はそれを見て「ははは。愚かだなぁ」とせせら笑うことができるのか？　他国の愚かな主張、アプリオリを笑うのであれば、僕たち自身も自分たちが疑うことのできないアプリオリをクエスチョンしなければならないわけです。

大型のフランチャイズ宗教

旧約聖書に「バベルの塔」の伝説があります。これは人間が神に近づこうとして塔を高く造りすぎたので、神がそれを懲らしめるべく雷を落としてタワーを破壊し、もう一つの罰として、世界にあったのはバビロニア語だけだったのに、それ以外の言語ができて、言葉がお互い通じないようにしたというものです。バベルの塔の麓《ふもと》には、もともと同じ言語を話す、より良い単純な世界があり、そこではみんなが融和していて、自由意志はほとんど許されないけど、その代わり誰も不安を持たなくていいというユートピアがあった……という話。

これは「バビロニア語以外は要らない」という、バビロニア人が他の民族をさげすむ口実を作りたいがゆえの伝説だったのかもしれません。ちなみに英語で「Babble」というのは、「意味不明のことをしゃべる」という意味ですが、これはおそらくバベル（Babel）が語源になっています。

僕はみんなが同じ言語を話さない「バベルの塔崩壊後の世界」に賛成したい。それどころか、一人一人が自分の言語を持ってしまうことも厭わない。それが僕の考える「言霊」です。日本の縄文時代から来る「言霊」の考え方は、音の中にスピリットが宿っていて、そのスピリットはアニミズムのように、みんなそれぞれ違う神様でした。

「一人一人がそれぞれ別々の言霊を持っているんだから、違っても共鳴し合えるじゃないか」というのが僕の世界観なんです。サイケデリックだったり、禅だったりといった思考は「このごちゃごちゃしたカオスな状態が面白いんだ、不調和こそが本当は調和なんだ」という考え方です。アートマンとブラフマンのような哲学的な境地。

それに対して、ユダヤ教、キリスト教、イスラム、あるいは小乗仏教、大乗仏教、これら（僕は「大型のフランチャイズ宗教」と呼んでいます）は全世界を一つのビジネスとしてまとめていこうとします。フランチャイズ宗教はマスゲームの手順を決め、みんなの宗教体験や、神秘的な存在感を規格化し、グリッドに押し込もうとする。個人をグリッドにガッチリはめていくことで、人々はみんなレゴのような決まりきった形になってしまう。

宗教や全体主義の政治は、映画『ウエストワールド』（１９７３年）のテーマパークでも造るように、人間をすべて左右対称の人造アンドロイドにしようとする。人々を属性で分けて管理しやすくし、ばらばらに動かないように固定して、「森ビル」のように巨大なバベルの塔を建てようとしている。

そこで僕は「いや、ちょっと待て。俺の言霊はつくしんぼのようなタケノコのようなちょっと曲がった形で、キンタマの左側のほうが右側よりちょっと大きいんだ。それが俺じゃないか！」と主張したいんです。ネコの毛だって目の回りが片方ぶちになっていたり、指紋みたいにそれぞれ違う模様がある。人間だって、みんな違って当たり前です。

それに対して「何を言うか！　それじゃ効率が悪いんだ！」というマクロな視点で判断し、自分勝手にフラフラ生きている人を追い出そうとするのが資本主義であり、フランチャイズ宗教のやり方です。グローバリズム、ウォールストリート、トランプタワー、潔癖症、原理主義が、世界にのしかかってくる。

多様化を推し進める力、多様化を嫌う力

人はみな、本質的に自由なわけです。しかし、その自由さに恐怖を感じる人たちがいる。彼らは「白人なら白人で一緒のコミュニティーに暮らして、みんなで教会に行って、同じ教義を信じて、同じ悪魔を恐れ、すべて同じであること」を選ぶ。

ところがそこに「白人と黒人が結婚してもいいし、白人がヒップホップをやったって、黒人がクラシック音楽をやったっていいじゃないか」という思考を持ち込む人がいます。その考え方が浸透すると、一人一人が人種や属性と関係のない「自分だけの花」を勝手に咲かせ始め、結果「白人」という人種の属性すら存在しなくなる。それを恐れ、生理的に嫌悪する人が現れる。この2つの力学が「文明の衝突」を起こして、世界は分断されているのです。

80年代中ごろから現在にかけての30年間は、欧米社会が移民や男女同権、価値の多様性などを認めて、拒否感を乗り越えていった過程とも重なる時期です。それを経て、今がある。そして今の時代は、多様化を推し進める力と、多様化を嫌う力とがせめぎ合っているのです。

そういう視点から見ると、ドナルド・トランプやＵＫＩＰ（イギリス独立党）、ドイツのＡｆＤ（ドイツのための選択肢）、フランスのフロン・ナショナル（国民戦線）などを「ナチスの再来」と断じるのは短絡的すぎます。彼らの存在は、むしろ多様性が進んでいった結果な

のだから。

アルカイダとアーミッシュ

アメリカには「アーミッシュ」という集団がいます。彼らは電気や車を使わず、馬車に乗って生活しています。もともとはドイツ、オランダ、スイスからアメリカに移住してきた人たちで、宗教生活をするため周りから隔離されたペンシルベニア州などの奥地に住んでいる。みんな親族で、顔つきもなんとなく同じで、自分たちの言語をしゃべる。聖書以外の本を読んではいけない。ひげを剃るのも禁止されているから男性は長いひげを生やし、女性はみんなボンネットをかぶって、ヨーロッパからアメリカに移住した当時の面影を残している。そんな集団生活を100年以上続けているのがアーミッシュで、彼らは自ら引きこもって外界との交流を遮断することで身を守り、単一のユートピアを作っています。

彼らはちょっとカルト的ではありますが、外に向かって布教したり非難をしたりしないところが、いわゆるイスラム原理主義とは違います。イスラム原理主義は植民地闘争の延長にあるため、自分たちを支配している悪い西洋文明を叩きつぶすのが目的。自分たちの帝国を復興しようとしているのです。

これに対して、アーミッシュは静かに自分たちを隔離《かくり》して、棲み分けている。アーミッシュは怒ってもいけない。怒りの気持ちは、祈って散らさなければなりません。仲間と一緒につくるユートピア、特区。

こうして比べてみるとアーミッシュとアルカイダは一見全く違うように見えるけど、どちらも均質さや純粋さを大切にする点は同じで、単一化された個体へと回帰しようとしているのです。

みんなが違う欲求を満たそうとするのは、邪悪の根源。欲望は人間を堕落させ、格差や貧困や略奪を生んで、権力の集中を生むという考え方。バベルの話でいうと、時代をバベル以前に戻したいんですよね。

ところが僕は、ジャーナリズムを職業としてやっているせいもあって、そこに仕組まれたからくりが見えてしまいます。そういう「かつて宇宙には一つの言語で統一された世界があって、そこに神の裁きが下り、われわれは違う言語を話している。元に戻るべきだ」という考え方って、その時に一番権力を握っている人に一番都合のいい話なんですよ。

アーミッシュ社会の中にも当然、閉ざされたコミュニティーの陰湿さがあるはずです。例えば、ルールを破って外の世界に行って映画を観ちゃったとか、聖書以外の本を読んだとか、禁じられているチョコレートを食べましたとか。ルールを破った人には村八分の刑があって、誰も口をきいてくれなくなる。これを「シャンニング（Shunning）／シャン（Shun）」と言いますが、いってみれば精神的な暴力。シャンされた人は、村の外に出て普通の世界に生きるか、ある一定期間、すまなそうにして許してもらう。そういう厳密なルールで規律を保つわけです。

基本的に怒ってもいけないわけだから、強い性欲とか闘争心とか動物的なパッションを、ひたすら祈ることで昇華《しょうか》させ、敬虔《けいけん》に生きることでこの世をやり過ごそうとするのです。

カルト宗教の根底にあるのは被害者意識

日本に目を向けてみましょう。かつて世間を震撼《しんかん》させたオウム真理教《しんりきょう》は、ジハードをやりたい戦闘的カルト集団でしたが、彼らのやり方はアーミッシュ（ほど平和的ではありませんが）に似ていました。

オウムは、信者を宗教施設に住まわせ、「電話を使うな」「テレビを観るな」というルールを作り、多様な社会から隔離しました。そうしないと外部からの影響で信者の心がバラバラになってしまうから。心を一つにまとめるため、信者に「外の世界には、自分たちを狙う敵がいる」と吹き込みました。

また、「千乃正法会《ちのしょうほうかい》」のパナウェーブは、「共産軍が攻めてきて、磁気攻撃、電磁波攻撃をしてくるから、白いものを着て電磁波から身を守りましょう」というむちゃくちゃな話をしていましたよね。

つまりカルトにとって大事なのは、「外敵がいる」という考え方なんです。イスラム原理主義は聖戦を通じて異教徒と戦う。彼らにとってはイスラエルや欧米が外敵なのです。

このようにカルト宗教の根底にあるのは、被害者意識です。世界の複雑さに耐えられなかったり、単一の美しさを求めたりしている人は、そういうやり方でまとまって世捨て人になる。社会のマイノリティーや多様性や自分の理解できないものに対して、過剰に被害者意識を持って攻撃的になってゆく。このあたりに、ポピュリズムのルーツがある気がするんです。

「現代の複雑さは間違っている。だから引きこもって、自分たちの世界を守る。自分たちだけのユートピアをつくるんだ」というテンプレート。この閉鎖性は、もしかしたら日本のオタク文化とかサブカルにも通じるのかもしれません。

トランプの「Make America Great Again」というスローガンも同じです。移民や奴隷に依存してアメリカを建国したにもかかわらず、さらに自分たち自身も移民の末裔《まつえい》だというのに、「移民の来ない閉ざされた白人だけの国」という矛盾したユートピアを夢見ているんだから。

分かりやすい敵、分かりやすいソリューション

本来はさまざまな特性を持っていたはずの個々人が、被害者意識で団結し、「一つ」になり、共通の敵を作り出す。その仲間意識と一体化によって、新たな帰属心を得る……それは現代社会において「愛国心」「宗教的な信心」「民族意識」という形を取り、それを政治ツールとして使う手法が一般化しています。

2016年アメリカ合衆国大統領選挙では、多様性や社会の複雑さに対する反動、グローバリズムで広がる格差に対して不満が噴出したということですが、その格差の負け組になるのは、決まって単一のコミュニティーに暮らす人々。デトロイトや中西部穀倉地帯など、顔ぶれが同じような白人の中高年たちです。彼らの雇用が中国に移ったから、みんな一斉に貧乏になっていきました。

そんな被害者意識を共有している人たちにトランプ氏が接近し、「あなたたちの職を奪ったのはメキシコ人だ」「中国がアメリカの経済をレイプした」と言い放ったことで「うおーっ、やっぱりそうだったのか！　俺たちが苦しいのは自分の責任じゃない！　悪いのはあいつらだった！」と盛り上がってしまった。

そんな風に彼らは単純な世界観を信じるんです。そして一度思い込むと、「そんなわけないでしょ」という思考のブレーキが利かなくなる。さらに、ブレーキをかける立場にある知識人がこの波に乗ってしまうことで歯止めが利かなくなってしまった。

それがポピュリズムの大きなカラクリの一つ。複雑化した世界を単一に戻したい人々は、分かりやすい善悪、分かりやすい敵、分かりやすいソリューションを求める。そしてどこかでモーフィングを仕掛けるマジシャンのような存在が、社会の中にいるんですよ。日本だと、例えばワイドショーが芸能人や政治家の不倫スキャンダルをポルノ的に面白がっているレベルだったのが、いつの間にか他人の些細《ささい》な不祥事に対して異常に潔癖になり、少しの違いも許容できなくなってきた。それが次第に在日コリアンや韓国政府、中国政府に向けられる蔑視、もしくは自国政府への怒りのベクトルへと変わっていく……。

人々が求めるのはソリューションの実現性ではなく、分かりやすさや気持ち良さのほうなんです。誰かを悪者にして溜飲《りゅういん》を下げたい、愛国心で一体感を得たい、「自分たちは大丈夫なんだ」という安堵感が欲しい。要は、そうやって目の前に突き付けられてる複雑さから逃避しているわけです。そして、それはテレビが一番寄生しやすい心理でもあるわけです。

安倍総理はヒトラー？

ワイマール時代に、ユダヤ人排斥《はいせき》を掲げて権力を握ったナチス・ドイツ。アメリカのドナルド・トランプ大統領やフランスの極右政党「フロン・ナショナル（国民戦線）」のマリーヌ・ル・ペン党首を「ナチス（ヒトラー）の再来」と断じるのは短絡的すぎると先ほど言いましたが、「スケープゴートを作ることで大衆を扇動し、大きな支持を得る」という意味では、確かに共通した部分があります。

日本でも安倍総理を嫌っている人たちは「安倍はヒトラーだ！」と主張しますよね。しかし、その考え方には危険性があると僕は考えます。「安倍はヒトラーだ！」と言い放つ瞬間の気持ち良さが現実の複雑さを覆い隠し、その快感がポピュリズムへとなだれ込む。そして気に入らないものは、「これはまるでナチス・ドイツだ。ヒトラーだ」と全部ヒトラー呼ばわりする。

トランプ大統領も、プレスに追い詰められた時に「こんな言論弾圧は、ナチス・ドイツのやり口だ！」などと言って、自分のことを悪く言う人をナチス呼ばわりしています。追い詰められたら、切り札として「おまえ（ら）はナチスだ！」と言う。その名前さえ言えば、相手を黙らせることができるからです。

つまり、「○○はナチス。××はヒトラーだ！」と言うとき、「悪いのはあいつらで、自分は被害者だ」と暗に主張しているわけですが、それでは冷静な判断や自己反省への道を自ら断ってしまうわけです。

ポピュリズムには右も左もない

ポピュリズムには本質的に右も左もなくて、そこにいるターゲットとなる意識の弱い群衆を操る方法が、たまたま右か左かの違いでしかないと僕は分析しています。

例えば、3・11以降、5〜6年間吹き荒れた左派ポピュリズム。反原発に異論を唱える物理学者をTwitterで「御用学者」と呼んで集中攻撃し、「おまえの家まで行くぞ！」という脅迫まがいのメッセージを送っている人もいた。

英語圏には「シャンパン・ソーシャリスト（Champagne socialist）」という言葉があります。シャンパンを飲む裕福な立場の人間が、社会主義的ユートピアと再分配を語る、そんな夢想を語る知識人たちを揶揄《やゆ》する呼称です。とある大学教授は、「私たちはもう、江戸時代の生活様式に戻ればいいんだよ。だから原発は要らないんだ。粗食は大事だぞ」というオピニオン記事を書きながら、自分は高級車に乗ってステーキを食べに行っていた。

学者の立場から気楽に不安を煽り続けた幾多の面々も記憶に新しい。在京テレビ局にレギュラー出演しながら、自身のウェブサイトでは「あと3年……日本に住めなくなる日　2015年3月31日」という記事を書いた学者もいましたよね。その言葉を真に受けて、関東から引っ越した人はいっぱいいるんじゃないかな？

トランプ大統領を見ていても、反原発を煽った識者たちを見ていても、「自分を棚に上げて、大衆を扇動する」という手法が一緒なんです。

極端な結論を用意するのは、そもそも行動したくないから

日本では改憲か、護憲かということも大問題ですね。僕は右派にも左派にも疑問があります。右派で改憲派の人たちは、日本の再軍備を達成したのち、紛争当事国になったときに、どうやって戦争を始めて、どうやって終わらせるかまで本気で考えているのでしょうか？

スイスのように戦争の方法論や技術を持っているならいいでしょう。核保有の議論も恐れずやってみて、そこまで覚悟した上で中立をやるならいいけど、日本の右派の多くは特に具体的に将来像を描かず、「アメリカに押し付けられた憲法は嫌だ。自立するために改憲するんだ」という論調ですよね。

まず「改憲したら、戦争は必要に応じてやります。まずは若い人や貧しい人から先に徴兵します。本当の全面戦争になったら、それ以外の人にも徴兵の枠を広げます。ただしわれわれ政府の関係者やお金持ち、皇室の人たちは最後まで前線に送られません。こういう約束でいかがでしょう？」と、政府がはっきり言えばいいのに。世界の歴史を見ると、どこもそうなんだから。

安倍さんは、本物の銃を持ったことあるのかな。改憲するんだったらせめて射撃場に行って、ヘッドホンを着けて本物の銃を撃ってみてください。あとは地雷撤去をやって、前線で戦う兵

士の気持ちを分かってみようよ。お願いします。

アメリカだったら「安倍昭恵夫人を地雷原で走らせよう」みたいな風刺のコメディー・ショーをやってしまうでしょうね。『サウスパーク』なんかだと、本当にドカンと爆発してグチャッとなるシーンを作ったりとかして……。でもそれを日本でやると抗議が来て、ＢＰＯが審議して、番組が打ち切りになるよね。そこが平常運転なんだ。


左派の護憲派は、そもそも戦争のことを考えるのも嫌なように見えます。ひたすら「９条を守れ！　安倍は辞めろ！」と繰り返すばかり。北朝鮮が核で他国を脅すのも、中国が南沙諸島《なんさしょとう》で悪さをするのも、全部安倍総理と自民党のせい。ロシアの脅威で北欧諸国が増兵していることも、トランプ政権の孤立主義が世界に与える影響も知ろうとしない。

政府に文句を言うだけじゃなくて、もっと現実を見て自分ができる行動を取ればいいんです。「戦争は避けよう。そのために世界で起きていることを知ろう」でもいいし、「北朝鮮の難民を積極的に受け入れよう！　難民ウェルカム！」でもいいんですよ。


左右の極論に振り切れて、お約束だらけの言い合いを繰り返すうちに北朝鮮からの最初の１発が着弾して「わあっ！」とパニックになる。そして、今度はみんな真右へ振り切れる……という将来が見えてきて仕方がないんです。

冷静に考えて議論すれば「改憲はちょっと踏みとどまるけれども、北朝鮮のＩＣＢＭ（大陸間弾道ミサイル）に対する敵地攻撃能力は認め、在日米軍基地は許容しよう」といった現実的なソリューションが出てくるはずなのに。

「改憲して日本を軍事大国にしたら、中国や北朝鮮になめられない」にせよ「安倍はファシスト。米軍は沖縄《おきなわ》から出て行け」にせよ、実際に行動に移せないような極端な結論を用意するのは、そもそも行動したくないからでしょう。原理主義的な意見同士がぶつかり合うままだと、全体をガラガラポンさせる外からの事態が起きたとき、非常に脆《もろ》い。結局、黒船が来て、不本意に変わらざるを得なくなってしまいます。

差別のマトリョーシカ人形

今の日本のようなガラパゴス状態が、ずっと続くとも限らない。ナショナリズムが強まると価値観の画一化、単純化が進む。すると必然的に弱者と少数者、立場が弱い人への風当たりが強くなります。

ロシアの南の端っこ、コーカサスにある独立気運の高いチェチェン共和国。そこはムスリム文化の地域で、ロシアの傀儡《かいらい》首長がいます。彼は地元のイスラム文化のポピュリズムを煽って、親に「ゲイの子どもがいたら自分で始末しろ」と言い放ちました。すると10代のゲイの少年が、親族によって本当にビルから突き落とされてしまった。地元の警察もゲイの人を拘束して拷問したり、場合によっては殺害までしている。

そういう見せしめをやることで、すでにロシアにおいてマイノリティー扱いを受けているムスリムが、「性的マイノリティー」という、自分たちよりさらに下層のスケープゴートを作り出しているんです。

つまり「そうだ、みんなでゲイをやっつけよう。今日から人柱だ」と言っていきなり攻撃する。ムラ社会で「こいつを殺して神に供えれば今年は豊作」という、とんでもない人身御供《ひとみごくう》と同じ。ロシア全体では「ムスリムはテロリスト、チェチェン人はテロリスト」とメディアで反ムスリム感情を煽っているのに、チェチェンではローカルに「ゲイの野郎が！」と性的マイノリティーをいじめている。差別されている人たちがさらにまた別の人を差別する……まるで差別のマトリョーシカ人形のようです。

チェチェンとは違い、東京の場合はＬＧＢＴに関して「新宿《しんじゅく》２丁目」のような棲み分け文化があるから、露骨な弾圧はありません。だけどおおっぴらに「法律でＬＧＢＴの権利を守りましょう」となると、反対する人が出てくるでしょう。「公には認めないけど、今までどおり目立たなくしてくれてたら文句言わないよ」という、うやむやを美徳だとする人もいる。ただ、その棲み分けを続ける限り、どう考えても平等になりっこないし、歴然とした差別は残ってしまいます。棲み分けはじきにピンチになる。今から先回りして議論を進めておいたほうがいいでしょう。

この先、欧米式のスケープゴート政治が日本で吹き荒れる可能性だって十分あります。ネトウヨ方面では、随分前から中国人、韓国人を差別してもいいことになってしまいました。今日はゲイ、明日は在日コリアン、明後日はハーフもクオーターも……？

「おいおまえ、日本人のフリをしてるけど、親が朝鮮人だろう？」

「えー？　でも僕、日本生まれで韓国に行ったこともないし、ハングルもしゃべれないんだよ？」

「うるさい！　戸籍を見せろ！　さもなければ日本から出て行け！」

そもそも日本はロシアや中国と違って、海外からの情報を自由に得られるのに、「海外のことは知らない。よそはよそ。うちはうち」と自ら望んでそれを遮断しているのも問題です。

グローバリズムによる利便性の弊害

日本のポピュリズムは、「大麻はけしからん」「不倫をやったやつはけしからん」という風に、ルールを守らない人を徹底的に叩く同調圧力のフレーバーが強いのですが、アメリカやヨーロッパの場合はポピュリズムの出方が日本よりも少し複雑です。自分たちの経済的な必要性から長い時間をかけて多様な移民を入れていったのに、その移民や移民の子孫に富を分配することができず悶着《もんちゃく》が起こり、極右政党が移民そのものをスケープゴートにしていくという流れがあるのです。

それも結局、途上国に自国の製造業をアウトソースしなければよかった話です。例えばフランスのローヌ地方のように繊維工場や自動車製造工場が農業と共存している、60〜70年代型の繁栄モデルをEU各国がやっていれば、移民が一定数いたとしても、その集合体がちゃんと機能して、バラ色のユートピアだったと思うんですよ。

ところが現実は、その構想と全く逆になってしまった。規制緩和をした結果、スロバキアとかハンガリー、トルコ、インドといった人件費の安い所に雇用がごっそり逃げてしまったわけです。そうすると大企業は大儲けできるけど、先進国の労働者の仕事がなくなる。

国内格差は甚《はなは》だしくなり、さらに金融の規制緩和が追い打ちをかけ、お金が循環せずに上に吸い上げられる仕組みができた。これらの現象が同時進行した結果、先進国の中産階級が一斉に没落し、「こうなったのはEUのせいだ」「移民のせいだ」と、スケープゴートを見つけて責任を押し付けている。

でも先進国の皆さん、ちょっと立ち止まって考えてみてください。根源的な問題は、あなたたちが恩恵を受けているグローバリズムそのもののせいじゃないんですか？

地球上では毎日、工業生産された食物が大量に捨てられている。食べもしないものを店に横溢《おういつ》させ、市場原理に任せ、そして捨てる。自然に分解しないプラスチック製品を大量に作った結果、それをウミガメが食べて窒息死したり、粒状に小さくなったプラスチックを魚が食べて、その魚を僕らが食べる。こんなのサステイナブルじゃないですよ。

日本にはコンビニがあって、１００円ショップがあって、利便性を安く手に入れることができますが、それがそもそも「罪」なんです。企業は生産コストを抑えたいから中国に依存し、廃液や公害も押し付け、中国では空気と水が毒になる。でも先進国に住む自分たちは利便性を捨てたくない。「人件費の安い国に生産を依存せず、一つの国の中に農業地帯と工業地帯がうまくまとまっている国家観を実現し、地産地消で無駄をなくしましょう」という考えには決してならない。

「グローバリズムによる弊害解消のため、iPhone の価格を倍にして、お金持ちの税金も上げて将来に備え、サステイナブルな経済を作りましょう」と言って誰かが選挙に出ても、その人には絶対、票は集まらないでしょうね。目先の楽なほうにしか大衆は投票しないから。そうやって生きてきたツケが、今の地球人に回ってきていると思うんです。

国家への精神依存、ダメ。ゼッタイ。

もちろん、移民や多様性に逆行するという選択肢もある。「偉大なアメリカ」「偉大な日本」というトランプ式のナショナリズムに固まっていき、「こいつらの社会保障が俺たちの税金を食いつぶしてる！」と言って、国内の弱者やマイノリティーにヘイトを向ける。

でも、国家が弱くなったから今の状態があるのに、その弱くなった国家への帰属意識にもう1回賭けるのは、ギャンブルで負けている人がさらにギャンブルするようなものですよ。ブレグジット（英国のEU離脱）を僕はそう見ています。もうこうなると一種の依存症《アディクション》のように見えます。

日本の厚生労働省は「大麻への精神依存」というウソっぽちの仮説を公表して「ダメ。ゼッタイ。」と主張しますが、僕はこれを逆利用させていただいて、ポピュリズムの弱々しい共依存構造に対して「国家への精神依存、ダメ。ゼッタイ。」と言いたい。

では僕が提案するソリューションは何かというと、それはズバリ「禅とダブステップでみんな開眼《かいげん》！」です。みんなが多様に生き、あるがままの花を咲かせて、男女同権、LGBTも認め、ついでに年齢の呪縛からも解放されましょう。お金も大事だけど、お金じゃないことも大事だよ、と考える生き方です。僕は真剣にそう思っています。才能や力の差はあるけれども、みんながなだらかなグラデーションでお互いを支え合い共存する、オバマ的ユートピアを考えていたわけです。

……ところが、現実は違った。ミュージック・コンクレートの聖戦士＝ムジャーヒディーンとして西洋音楽と戦い続けるうちに、「ユートピアを目指してる自分は、大多数の人とは真逆のものを求めているんだ」ということを知ってしまったんです。


アングロ・サクソン圏には「Born with a silver spoon in one's mouth（生まれた時から銀のスプーンをくわえている）」という言い回しがあります。要は「お金持ちの家に生まれると、生まれた時から苦労を知らない」という意味ですが、ハーバードでは「おまえはBorn with a silver spoon in your mouthだから、苦労を知らない。街に出て苦労をしろ！」とリベラルな先生方に散々やり込められました。

だから大学を卒業した後の20年間は、早稲田通《わせだどお》り沿いとか台東区《たいとうく》の蔵前《くらまえ》近くに住んで、皆と同じファストフード、ファストファッション社会の中にいながら個を追求しようとジーパンとTシャツだけで生きてみたんです。

結果、お金を持ったやつらに不義理をされ、踏み付けられたりもして鍛えられましたが、結局みんなお金持ちや高学歴や外国人にコンプレックスを持ちすぎているということが分かっただけでした。それに、みんなテレビを観すぎていることにも気づきました。

カラーテレビなんか要らない

広島での子ども時代のことです。日本の庶民の誰もがカラーテレビを喉から手が出るほど欲しがった昭和時代、父が米軍基地からカラーテレビを買ってきました。その頃の広島市の段原《だんばら》地区ではおそらく初めてのカラーテレビだったので、近所の子どもたちが「カラーテレビ、見しちくりぃや！」と毎日ぞろぞろとやってきました。子どもたちは「色がついとる！　わあっ！」と騒ぐ。次の子が来るとその子も同じように騒ぐ。「色がついとる！　わあっ！」。その様子を見ているうちに僕は「別に色がついてたって面白くないよ」と冷静になった。7〜8歳の僕が「君、あのね、大事なのはスペックじゃないの。コンテンツなの」とか言うわけないけど、子ども心に微妙な気持ちでした。

岩国の米軍基地でカラーテレビが買えるＡＢＣＣの父親を持つ僕。広島で浮きまくっている僕からすると、「テレビそのものが全然つまらない」と思ってしまっていたわけです。子どもの頃からすでに解脱しちゃっていたというか、「テレビなんか観るよりみんなで遊んだほうが楽しいじゃないか」と思っていました。

だから、僕にとってテレビは「スイッチを切るもの」なんです。今だって自分の出演番組の確認以外、テレビは観ません。そもそも家では見える所にテレビを置いてない。できるだけテレビは隠しておく。観るときにだけ引き出しから出す。

多くの皆さんは、朝から晩までテレビをつけっ放しなんですよね。そういう人たちはテレビの「売れ行きランキング」を観て、上位のものを欲しがったりするけど、僕は「ランキングそのものが嘘じゃん」と思っている。ランキング上位のものであればあるほど、そこにはグリッドの罠が見えるから。だから子どもの頃も、大学を卒業した後の20年間も話の合う人があまりいなかった。

でも、揺り籠から墓場までずっとグリッドの中に収まれる人は、ある意味幸せなのかもしれない。テレビで笑って、カラオケでJ-POPを歌って、結婚して子育てをして、自分の子どもがどの大学に入れたか、入れなかったかで一喜一憂《いっきいちゆう》する。「もうちょっとで京大に行けたのに」とか言いながら年を取って、最後は認知症になって死ぬ人生。

死んだ後、魂がピューッとすごい高速でトンネルを通って、同じ所に帰って生まれてくる。またやり直し。そこにヨーダが座っていて「いつまでおまえはそれをやるんだ。あの時、モーリーのダブステップを聴いて踊っておけば前に進めたのに」と叱る。その瞬間、無色透明で肉体のなくなった魂が、「ああ、そうだったのか。分かった、じゃあ今度はちゃんとやろう」と気持ちを新たに生まれ変わる。

でも2～3歳になるとアニメを見始め、『アンパンマン』から『クレヨンしんちゃん』にいって、ディズニーとかゲームにハマって、また前と同じ人生になり、やっぱり学習しませんでした。子供がもうちょっとで京大に……ポピュリストに投票……「マナーの悪い外国人は出て行け」とSNSに書き込んで……。それでいいの？

マトリックスの外へ

アメリカのスラングで、生真面目できっちり枠に収まるタイプの人を「スクエア（四角）」と言いますが、日本には四角い人が本当に多い。遊んだこともクスリをやったこともない人は、世間の評価を鵜呑《うの》みにして「大麻？　ダメ、絶対！　なぜならダメに決まってるから！」と言い切ってしまう人があまりにも多いんです。「大麻で中毒なんかするわけないじゃん。怖がるべきものはケタミンとかシャブとかオピオイドとか、他にいっぱいあるだろ！」と言い返しても「だからこそ麻薬は、存在自体が駄目なんです」みたいな調子で、議論にすらならない。

僕が求めているものは、カラオケやファストフードじゃない。個々人それぞれが自分だけの良さに覚醒して自己肯定する。そして目覚めた人たち同士で楽しい世界をつくることなんです。でもいくら僕独りがマトリックスから解脱して「おーい！　みんな、こっちにアーミッシュの世界があるぞ！　音楽はグリッドじゃないんだ！　音そのものが、地球全体が音楽だったんだよ！　地球交響曲！」と一生懸命に叫んでも、皆カラオケでJ-POPやK-POPを熱唱したり、ハンバーガー屋で子どもにスマホゲームをやらせながらママ友同士でくっちゃべったり、アイドルグループに熱狂しているばかりで、全く聞いてくれませんでした。僕はそういう「12音階で閉じた音楽世界」にも通じるループの中で生きている人たちをマトリックスの外から見ていると、とてつもなく「おぞましい！　嫌だ！」と思ってしまう。

「でも、本人たちは興奮しているし、楽しいんだから何がいけないの？」という反論も受け止めます。そこを争う気は特にないんです。だからどうしても分かり合えないのであれば、お互いにタイムシフトしましょう。自分から時間と場所を調整して、スクエアな人たちとはなるべく出会わないように折り合いをつけちゃいます。

言ってみれば、これは自分の中のアーミッシュで潔癖な傾向でもあります。分かり合えるやつがどこか他にいればいい。でも、僕はそいつらと群れて「属性」に守られた会話で時間を無駄にしたくはない。それは新たなグリッドに自分の時間を吸い取られるということだから。常に個人対個人で、お互い肩書に縛られず、その人そのものと向き合いたい。そうでなければ、僕は楽しくないんです。

第4章

音楽と全体主義

——パンクの矛盾とEDMの多様性

音楽と全体主義

第3章では、「音楽は理想的な未来を実現している」と書きましたが、この章では、音楽がレイシズムや全体主義と結びつく可能性について考えてみたいと思います。

第2章で書いたように、音楽の世界ではヨーロッパの植民地時代に世界中に広められた鍵盤の12音階や、そのメロディー、和音の進行の音楽理論などが、いつしか世界のスタンダードになってしまいました。

80年代に急激な経済成長を遂げた日本は、海外から「ジャパン・アズ・ナンバーワン」とおだてられ、「エコノミック・アニマル」として白人と同等の扱いを受けたいという悲願がありました。そのため、当時の親世代の多くは、自分の子ども（主に娘たち）にカワイやヤマハの電子オルガンを買い与え、音楽教室にも通わせました。

そして学校ではリコーダーを習いました。リコーダーは、ナチス・ドイツが音楽情操教育用に作った楽器です。ヤマハのサイト「楽器解体全書」※にも、「ハ長調の演奏が容易なジャーマン式運指のリコーダーがドイツで大量生産され、ナチスが台頭して音楽や教育を支配するようになると、学校教育に使われるようになっていった」と書いてあります。もう少し引用してみましょう。

「1936年、ベルリンオリンピックが開催され、その祭典の中でもリコーダーが演奏されましたが、この時、観客の中に一人の日本人がいました。当時ドイツに留学をしていた坂本良隆《さかもとよしたか》という人物です。彼は大勢の子どもたちが奏でるリコーダーの演奏に感銘を受け、またそこに教育的価値を見出し、ソプラノ、アルト、テナーを日本に持ち帰りました。日本にリコーダーが伝来したのはこの時です。」

※出典：ヤマハ「楽器解体全書」
https://www.yamaha.com/ja/musical_instrument_guide/recorder/structure/structure003.html

だから、日本の子どもたちがみんなでリコーダーを吹いている様子を見ると、僕にはなんだかナチス・ドイツのように見えてくるんです。

旧ソ連軍の行進で、軍人が一斉に足をゆっくり上げて下げる動きを「グース・ステップ（ガチョウの歩き）」と呼びますが、あれは音楽のグリッドに身体を調整して、無意識を一体化する行為であり、共産圏独特のマーチです。ナチス・ドイツも同じことをやっていたのですが、要は議論や疑いをオーバーライドして身も心も一つの規律に合わせ、一体感を生ませるわけです。つまり音楽が生む熱狂は、全体主義とか軍隊の行進、オリンピックの興奮にすごく近いのです。

レイヴパーティーと「反原発」

ダンスミュージックやロックの熱狂と、ポピュリズムやファシズムの興奮。両者の間に共通しているのは、恍惚境《こうこつきょう》。つまりお祭りのような「アガった」状態ということです。それには右も左も関係ありません。

例えば3・11の後、日本のテクノ系パーティーシーンの人たちは一斉に「反原発」に流れました。その雪崩の打ち方は半端じゃなかった。なぜそんなことが起こったのでしょうか。そもそもがディスカッションのない均質感のあるコミュニティーだったことが、この雪崩現象を大きく後押ししたと僕は分析しています。山のヒッピーが主催するレイヴパーティーと反原発も、根本からつながっていました。

2010年ごろ、山のレイヴパーティーに講師として呼ばれたことがありました。ステージに上がると、いきなり主催者に「反原発の署名に加わってほしいんです。モーリーさんも俺らと同じ思いだから、署名してくれますよね！」と言われました。僕は反原発を特に表明したことはないのですが、向こうが一方的に誤解して盛り上がってしまったので、僕は山のテントの中でマイクを握りながら「いや、まあ、そうでもないんだけど……」と苦し紛れに逃れました。

講演が終わった後、参加者は主催者側の女性が仕切る車座集会に流れ、「いかに反原発のアクション（発電所前でのデモ、署名活動など）を起こすか」を真剣に話し合っていました。

一時期、僕は日本の山でのレイヴパーティーをリサーチしていたのですが、感想から言うと、顕著《けんちょ》な形でヒッピー文化が継承されており、エコロジーと戦後左翼思想が深く浸透していました。音楽だけを楽しみに来ていた人、いたのかなあ。

1990年代の日本のレイヴシーンの中でも、知性のある会話に出くわしたことは、あまりなかった気がします。

「RAINBOW 2000」(1996年に開催された国内最大級のレイヴパーティー)周辺の人たちは、お互いに依存し合う「ムラ社会」としてコミュニティーを成り立たせていました。「これいいよな」「うん、俺もそう思う」みたいないくつかの限られた会話を巡回する感じ。「このアーティストが来た時のフジロック、行ったんだ」「ああ、あれすげぇいいよな」……2つの合わせ鏡の間で「いいよな、いいよな、いいよな……」というエコーが起きている。

その原始的、ムラ社会的な会話の中では、「いい」「気持ちいい」という共通の前提に対して、クエスチョンを突き付けるような議論が、僕が経験した限りは全くなかった。知性が磨かれる場面が本当にあったのかというと、自分的には疑わしいですね。

2011年以降、日本ににわかに政治の風が吹き荒れて、こんどはそのクエスチョンしない空気がそのまま「当然反原発だよな」「だよな」、「野田《のだ》首相は豚だろ」「まじ豚だよな」に横滑りした感が否めない。日本のレイヴシーンは結局、ムラ社会だったんじゃないでしょうか。

もちろん、レイヴ＝ヒッピーでもないし、レイヴでの音楽を好きな人がみな「反原発」だと決めつけることもできません。そもそも彼らが「反原発」を信条としていること自体、全く構わない。ただ、異論を挟みづらい、あの排他的な空気は一体なんなんだろう、と僕は思ったんです。

マジョリティーを説得するマイノリティー

僕が知っているアメリカのヒッピーシーンには、日本と同じく反原発の人たちもいます。でも、その一方で環境保全のために科学進歩を奨励する、という考えがあるのです。かの有名な雑誌「Whole Earth Catalog」（アメリカで発行されたヒッピー向け雑誌）の編集長でもあったスチュアート・ブランドは原発容認派でした。アップルコンピュータだって、ヒッピーの流れがあったからこそ生まれました。

違う意見を持つ者同士の対話が奨励される空気に溢れ、大資本や政府に対してデモをするより共に変化するよう直接語りかけ、そのために自分たちのヒッピー文化がマジョリティーにとっても魅力的に見えるように積極的にライフスタイル提案し、ファッション業界や出版業界、科学研究などにもぐいぐい食い込んでいく。近年の大麻合法化の流れにも彼らは大いに貢献するなど、ヒッピーは思考停止せず、時代に合わせて常にアップグレードしてきたんです。

ヨーロッパの場合はもっと多様な進化の道をたどりました。そもそものUKやヨーロッパ諸国のレイヴシーンに、ヒッピーのサイケデリックさ、アウトドア嗜好、フリーラブなどの考えの影響があったのかもしれませんが、一言で言えば、国籍も民族も異なる多様な価値観や感性が出会い、ディスカッションやコラボレーションが深まる文化が育った。

音楽のジャンルもどんどん進化していき、最終的にはドイツで行われていた世界最大規模のレイヴ「LOVE PARADE」などが観光行事として成長するまでに。つまり若者発のカルチャーが、大人社会の「メインストリーム」を時間をかけて説得することに成功したわけです。そこでかかるテクノミュージックも、「サブカルチャー」としての地位に甘んじてはいませんでした。

パンクとダブステップ

ここで、再びダブステップの話をさせてもらいます。

もともとのダブステップは、エコーを多用し、全体的に暗く、今のＥＤＭよりむしろダブ・レゲエに近いジャンルでした。これが２０１０年ごろになると、アメリカの「スクリレックス」のような大物アーティストが登場して、ガーンとアゲるためのパーティー音楽に化けたんです。その後はＤＪとオーディエンスに劇的な世代交代が起こりました。

ハウス系やトランス系のダンスミュージックは、ずっと一定のリズムが続き、抑揚《よくよう》に乏しく、踊り続けることでステディーな瞑想状態に入っていくものです。それに対して2010年以降のダブステップは、白人のハードロックとほぼ同一の路線で、オーディエンスが瞬間的なエクスタシーを得るというオーガズム的、レッドブル的なものへと変貌しました。若い子はパンクから譲り受けたモッシュもするなど、男性ホルモン的、つまりテストステロン満載の世界になったんです。

以前、渋谷の「CIRCUS Tokyo」というクラブで、夕方から始まって夜10時に終わるパーティーがありました。そこに「SKisM」というダブステップのアーティストが出演することになったので観に行くと、SKisMのライブ中、フロアでモッシュが起こりました。どうやらモッシュ曲が決まっているらしく、その曲のイントロがかかった途端、お客さんの輪ができるんですよ。もう心の準備ができているわけですね。

「Snails」というアーティストを京都の「KITSUNE KYOTO」というクラブで見た時は、かわいいベースボール・キャップ（僕は「子ども帽子」と呼んでいます）をかぶった20歳ぐらいの男の子たちがモッシュしていました。その子たちは、骸骨の口みたいな模様のスカーフを口の周りに巻いていたんですが、パンクっぽいファッションですよね。

面白いなと思うのは、昨今のベース・ミュージックは黒人音楽と完全に合体しているのに、白人文化がルーツのモッシュをしているというところ。そこに「オバマのアメリカ」を感じるんです。

レイシズムとパンク

モッシュというのは、極めて白人的なオリジンを持つ文化で、80年代初頭には「Slam Dance＝スラムダンス」と呼ばれていました（「Ｓｌａｍ」は「強くぶつかり合う」という意味です）。

81〜82年ごろ、ボストンのハードコア・シーンで初期のスラムダンスが流行ったので、その熱狂に僕も飛び込んでいったけど、そこはレイシストな白人パンクスの集まりでした。みんなつるっ禿げに頭を剃っていたり、ネオナチっぽい格好をしていたり、モヒカンなんだけど上は革のジャケット、下はスリムジーンズに革靴だったり、そういうファッションがユニホームになっていました。

そこに部外者で東洋人ハーフの顔をした僕が入ろうとすると、すごく暴力的に押し出されたり、「東洋人は出て行け！」と後ろからど突かれたりしました。白人の知り合い同士だとお互いに「あうんの呼吸」で、ぶつかり合ってってもただの押し合いへし合いなんだけど、部外者だと、わざと強くど突く。それを何度かやられて「やっぱりちょっと差別的なんだなあ」と感じ、ハードコアのシーンから遠ざかりました。

アメリカのハードコアは、ほぼ白人男子の社会です。「Dead Kennedys」というバンドに黒人のドラマーがいたり、「Bad Brains」という、もともとフュージョンをやっていたラスタの人たちがパンクになった例外的なバンドもあったけど、アーティストもお客さんも、ほぼ白人。だからアメリカのパンクシーンは、人種差別がすごく強かったのです。

80年代当時、ボストンのパンクバンドにはサウスボストン出身者が多かった。このエリアは白人労働者階級しか住んでおらず、黒人が紛れ込むと暴行を受けたり、運が悪いと殺されてしまうようなところですが、サウスボストンのすぐ近くには「ドーチェスター」という黒人だけのスラム街があります。もともとボストンは白人と黒人があからさまに隔離された街なんですが、その中でもサウスボストンは特にネオナチ的なレイシスト選りすぐり、といったパンクスが多かった。だからその頃の記憶と比べると、今のダブステップは本当に人種が多様性に満ちていると思います。ただし、これから枝分かれして白人至上主義者だけが聴くサブジャンルが生まれたとしても、僕は驚かないけどね。

ファシズムや極右、排外、白人至上主義の種子

音楽の熱狂や一体感が排外的なファシズムに行くのか、それともリベラルな多様性に行くのか。サイコロの一振りでランダムに決まっていくような危うさがあります。同じパンクでも、

それぞれの人のたまたまの出身の属性や家族、人種などによって、平等や博愛に向かう場合もあれば、非白人を徹底して排除するケースもあるように。

例えばドイツのバンド「Atari Teenage Riot」は、ユダヤ系とシリア系とアフリカ系ハーフなどのマイノリティーだけで結成されていました。

1980年ごろに結成されたイギリスの「Crass」という、音は最悪なんだけどイデオロギー満載のアナーキスト集団がいたのですが、この人たちは本当にアナーキストで左翼進歩派、共産党的でした。

また、イギリスには「The Exploited」というバンドがあって、リーダーはでかいモヒカンが有名なワッティーというボーカリスト。この人はもともと英国軍にいて、テロの問題があった北アイルランドに駐留経験があり、ガチの右翼です。人種差別主義者で、ゲイが嫌い。極右団体にも参加していたそうです。当時のイギリスには、他にもスキンヘッドのネオナチ思想のバンドがたくさんいました。

「Sex Pistols」のジョン・ライドン（ジョニー・ロットン）は白人ですが、アイルランド系マイノリティーとしてロンドンで育っているので、近くの貧困街に住んでいたジャマイカ系の人たちと仲がよく、レゲエがかかるディスコに行ってラリっていたのが、だんだんとパンクになっていったということを、自叙伝『Rotten: No Irish, No Blacks, No Dogs』に書いています。彼の場合は、イギリスの王室制度が嫌いで反体制。多様性推し。「Sex Pistols」の次に結成したバンド「ＰＩＬ（Public Image Ltd）」でダブもやっていました。

こういうことを言い出すと、音楽雑誌『ミュージック・マガジン』みたいに何百とあるバンドの音楽性を全部網羅《もうら》しないといけなくなるので、この辺でやめておきますが、要は「みんなで熱狂できる」というスタイルの音楽でシーンが一つになると、そこには少なからずファシズムとか極右、排外、白人至上主義へと向かう種子がいつも内包されているということです。菌やウイルスが体の中に常駐しているように、それが「発芽するか、しないか」だけの違いです。

レイシズムの種子を排除することはできないから、「レイシズムのない音楽」を作ろうとしても、そんなものは作れない。どんな恍惚や熱狂も、そういう気持ち良さが国家への帰属意識や排外主義と結びついてしまう可能性があるわけです。

音楽の熱狂とレイシズム。スポーツの熱狂とフーリガン。愛国心と排外ファシズム。最後は原理主義的な「死んでこい」「死んで靖国《やすくに》の桜になれ」……これらはやっぱり一つのスペクトラムで、グラデーションになっているのです。

行き詰まる民主主義

民主主義とは、考え方の違う人同士がお互いに話し合い、少しずつ妥協をし、個々の違いを尊重するために、全員にとっての「最適解」を見つけることです。しかし面白いことに、恍惚や感動を共感し合うコミュニティーは、本質的に非民主的なんです。

コミュニティーが強い情緒で結ばれていると、現状維持と治安の良さ、小綺麗さを望む方向で落ち着いてしまって、社会が大きな挑戦をしなくなる。個々で違っていたはずの人間が均一化してしまうという現象が起きるんです。そして、それが行きすぎると社会が淀んでしまう。ダイナミズムを回復するためにはルールを破る人が必要なんだけど、ルールを破る人は既得権を脅かすから、主流から排除されるんです。

例えば日本では、かつて新しい価値観を提示して社会を引っ張るリーダー的な存在だったテレビが、今や高齢者だけが観るものになりました。今日、テレビは学級委員やＰＴＡのような役割になりすまして、やたらと正義を振りかざしている。テレビ局は総務相認可で守られているので、内側では変わろうという気運が全く起こらないし、新しいものは何も生み出さない。テレビ局の局員は、上層部であればあるほど既得権にしがみついているものなのです。

テレビという権力を生み出したのは、そもそも戦後のデモクラシーだったはず。戦後、今までの価値観をひっくり返す、「あっと驚く」感動の数々を提供したテレビは、日本中の憧れの的でした。しかし戦後の平和が長引く中で、いつしか世論への影響力や上層部の高額な給料を維持するための、官僚機構へと変貌してしまったんです。

格差の固定装置

小綺麗な民主主義は退屈をもたらすので、またの名を「格差の固定装置」と言います。ここでイギリスの場合をお話しします。

資本主義はお金持ちを優遇して、お金を持っていない人たちがお金持ちに憧れるようにマーケティングをする。そしてテレビはスポンサー（つまりお金持ち）から経費を受け取ってCMを流す。お金を持っていない人たちはそのCMを観て「バーバリーが欲しい」と思う。テレビに映る金持ちに対して卑屈な心理を抱いたまま、日々の仕事を頑張る。でも、どう頑張っても高級ブランドを余裕で買うことはできないように社会はできている。

中産階級の人間は、まだ「いつかお金持ちの100分の1ぐらいの買い物ならできるかも」と期待して、テレビから流れる「夢」を信じ続ける。でも貧困層はどんどん貧しくなり、そのうち、借金か麻薬の密売をするしかないほど貧しくなると、積もり積もった不満が怒りに変わる。その怒りのエネルギーを表現に注ぎ込んだロックやパンクには、下克上的な作用がある……といった側面だけを見ると「不公平への抵抗」というご立派な衝動に思えます。

ところが下克上が起きると既存の日常が壊れるため、ポピュリズムのエネルギーも同時に解放される。ちょっとした乱暴狼藉《らんぼうろうぜき》もやってよし、という「暴動」の状態になるんです。

パンクは歌詞の中で「Ｆｕｃｋ」という言葉をよく使いますが、「Nigger（ニガー）」も使っていた時期がありました（Niggerは黒人に対する非常に強い差別語で、黒人が自分で言う以外に絶対に使ってはいけないタブーな言葉です）。要は言ってはいけないことを「表現の自由だ」ということで取りあえず全部言ってしまう。「礼儀正しさをぶっつぶせ、Ｆｕｃｋだ！」というのがパンクの基本姿勢でした。

例えばヴィヴィアン・ウェストウッドなんかは、性的なアンダーグラウンド文化であったＳＭやボンデージのスタイルを意識的にプロモートしました。ファッションとして堂々と「キャットウォークでＳＭの服を着たらいいじゃないか」というメッセージ。それが上流社会への挑発でもあったし、「ファッションの中に露骨なエロスを盛り込んで何が悪い？」といった既成概念に対する下克上だったんです。ところがルールを一つ破っていいことになると、必然的に「すべてのルールを破ろう」という方に向く。

反体制は必ずしも「民主主義」には向かわない

パンクが大きなムーブメントを巻き起こしたイギリス社会には、王族を頂点に貴族と上流社会が定着しています。お城や高級住宅の中では何もかもが作法にのっとり、上品で、手が汚れる仕事は使用人にやらせる。本人たちは生産せず消費と趣味に生き、資産を動かし、政略結婚をし、権力闘争を繰り広げる。貴族は税制で優遇されているから、資産が取り上げられることはない。

一方で、その社会秩序に反抗する社会主義者や共産主義者は「富を再分配しろ！」と要求し、ストライキを起こしました。80年代当時のイギリスは、ソ連の社会主義に憧れていたのです(その理想にもソ連側が流すプロパガンダが多分に入っていたけど)。

また、ジャマイカやインド、パキスタンから夥《おびただ》しい移民が労働者として受け入れられた結果、白人労働者層が急激に右傾化し、肌の黒い移民はイギリス中で暴力にさらされることになりました。

こういうさまざまな力が拮抗する環境で、パンクは生まれ育ったんです。反社会的な行動を取り、衝動を解放し「ざまあみろ。アナーキーだぜ！」と社会秩序に中指を立てるお行儀の悪さは、必ずしも再分配を求めるデモや投票行動へと結集するわけではなく、むしろパンクスを筆頭に反マイノリティーの暴徒と化す方向に突っ走ることもありました。ライブで盛り上がっちゃって「そうだ、パキスタン人をやっつけに行こうぜ！」みたいな、何でもありの躁状態になってしまうケースもあったように、反体制は必ずしも「民主主義」には向かわないということです。

パンクの暴力衝動

パンクのような暴力的衝動を肯定する音楽が出てきたとき、そこで解放される暴力性は確かにかっこいい。だけどそれを制御できるとは限らない。

70年代当時、Sex Pistolsがテレビに出演して「Ｆｕｃｋ」と言ったことが大騒ぎになり、長寿番組の司会者が2週間の出演停止処分を食らった事件がありました。司会者に「最後に大人たちに言いたいことがあるか」と聞かれたメンバーが「おまえはfuckingなんとかだ」と言ったら、司会者が「ああ、いいよいいよ。君は本当に言葉遣いを分かってるね。大人の口調だね」と煽《あお》った。そのまま「ｆｕｃｋ、ｆｕｃｋ」と言い続けてコマーシャルになったんですが、それが翌日のタブロイドで大騒ぎになり、Sex Pistolsは一夜にしてティーンエイジャーのヒーローになったんです。

白人の労働者階級の子たちは「何でも悪いことをやっていいって、Sex Pistols先輩が言ってくれた！」ということで、そのことをボーカリストのジョン・ライドンに報告した子もいたそうです。中には黒人たちに思いっ切り蹴りを入れて、そのことをボーカリストのジョン・ライドンに報告した子もいたそうです。その時ジョン・ライドンは「おまえ、今度そういうことをやったら、俺がおまえを殺すからな」と怒り、ファンの子は「あ、すみません」と謝ったとか。要はローティーンの子どもたちが、「とにかく悪いことをすればパンクなのか。じゃあ目障りな黒人をやっつけに行こうぜ」と考えてしまったんです。

このように、当初は怒りの矛先が「いい思い」をしている上流階級や権力、体制側に向かっていたけど、それがより弱いマイノリティーに向かってしまう可能性もある。あいつら（マイノリティー）は常日頃から目障りだから、この際うちのネイバーフッドから一掃しようとか、ゲイを一掃してやれとか、何でもあり。暴力を振るってもいいんだ……パンク音楽がそんな行為のきっかけになってしまう人もいました。群衆は決してジョン・ライドンが思ったとおりには動いてくれなかったのです。

商業化されたパンク

70年代パンクの写真集を見ると、ガーゼのTシャツを着て、おっぱいが見えている女の子の写真が載っていたりします。ドラクロワによって描かれたフランス革命の絵画『民衆を導く自由の女神』でも、女性がおっぱいを出していますよね。女性がおっぱいを出して「どやー!」とやっている解放感。前後の文脈次第ですけど、やっぱりそこにはエネルギーの解放や、社会の秩序が変わる時が来たぞという鬨《とき》の声や、美意識があった。

そんな風に、当初は「無秩序状態や無政府状態を礼賛する破壊の美学」としたパンクの意味合いがはっきりしていたんです。博愛的な進歩主義や金持ち優先で固定した社会の欺瞞《ぎまん》に対する反逆。「何に対して怒りをぶつけているか」が明快だったからこそ、激しい表現が身内でどんどんと拡張し、場合によってはヨーロッパ社会でタブーとされていたナチスの鉤十字《かぎじゅうじ》をTシャツのデザインにするなどの挑発を続けた。その初期の状態のままで固定すればよかったものの、パンクはすぐ商業化されました。手付かずのリソースだったから、最初から商業化される運命だったともいえるでしょう。

やってはいけないことを全部やり、大人は理解できず、誰にも管理されない、そんな商品にもなりようがないということにパンクの解放区があったはずが、マルコム・マクラーレン（Sex Pistols のマネージャー）がプロデュースを仕掛けて、ヒット商品に仕立てていったんです。ところが、それが売れすぎたためにマルコム・マクラーレンもエスタブリッシュメント化されてしまい、パンクがブランド化していきました。パンクのすべてが、資本主義に対する悪いジョークでした。

本当の無政府状態になったら何が起こるのか

「抑止がなくなる時がアナーキーだ。社会を無秩序にしてしまえ」というのが70年代のパンクの考え方であり、アジテーションでした。でもパンクシーンはナイーブだったから、「本当に無政府状態になった結果、マイノリティーの迫害や虐殺、暴動が起きる可能性もある」ということまでは考えていなかったんです。

本当の無政府状態になったら何が起こるのか。例えば90年代のルワンダでは、FMラジオで「殺せ、殺せ、ツチ族を殺してしまえ」と呼びかけ続けていたら、本当にフツ族がツチ族を虐殺して、100万人もの犠牲者が出てしまったということがありました。これは、当時のルワンダ国民のおよそ2割が殺された計算になります。

1980～90年代にかけてのイギリスでもう一つ問題になったのは、サッチャー政権の経済改革の結果、労働者の大規模な失業がもたらされたことで、労働者階級出身の若者がことさらに被害を被《こうむ》りました。あまりにも長く無職状態が続いたので、彼らの中に「万引したっていいじゃねえか」という、万引文化や麻薬密輸文化が加速度的に広がったんです。

当時の若者の側からすると、どこにもチャンスがなかった。努力しても報われるのは生まれがいいやつらばかり。社会の不公平に対する憤りが蔓延《まんえん》する中で、「俺が物を盗むのは正義なんだ！」という詭弁《きべん》を使うやつが出てくる。それが周りに広がって、万引をやって捕まらなかったやつが「よくやった！」と称賛される。無秩序になりこれが野放しになったため、「インド人がやっているコンビニを襲ってしまえ」など、マイノリティーからの略奪や人種的な憂さ晴らしに向かってしまった。「金持ちどもの鼻を明かしてやれ」と言ってベンツを盗んで換金し、近所のみんなに分配するという方向ではなくなってしまったんです。

無軌道さの果てに

器物を壊したり、冗談半分で殴り合ったりぶつかり合ったり、ほっぺたやくちびるに穴を開けて、安全ピンや針金をピアスにしてみたり。そういうファッションが初めて出てきた時、「すげー、いいのかこんなことやって？　化膿しないのか？」とみんながビビッていたのに、シーンが盛り上がっていく中で一部の強者が「どやー！」と過激なことをやることで、みんなが盛り上がり「もう何でもありだ！」という勢いが高まり続けました。

髪の毛をむちゃくちゃな色に染めたり、でたらめなメイクをしたりほっぺたに穴を開けたり、破れたTシャツを着ていたりといった行動には、社会をより良くしようとか、王室、王族、金持ちを揺さぶってやれというフランス革命的なメッセージがあったんです。要は、無意識にしまっている悪意や暴力的な衝動を芸術へと昇華させているのがパンクでした。ところが、パンクは「とにかく大人に嫌われることをして、自己主張したい」という思春期の子どものような姿勢に回帰していった。「やっちゃいけないことをやったり、言ってはいけないことを何でも言ったりするのがクール」という「子ども化」の波が広がっていきました。

もともとあったパンクの濃いメッセージは、「子ども化」が広がるにつれ徐々に知性が抜けていき、ファッション化すると同時に単純なレイシズムや排外主義、それに薬物も混ざり込んでいった。パンクのシーンでは、いつしかものすごい量の薬物が広がり、「ドラッグをキメて、ぼんやりした状態で何もしない」ことがかっこいいとされる空気がありました。

僕がリアルタイムで体験した80年代アメリカのパンクシーンでも、結局、無気力な社会不適合者たちが群れていただけで、ただひたすらテレビをつけっぱなしにして、昼も夜もずーっと薬をやっていたんです。

当時は、ヘロイン注射も出回っていた。針を打ってる人ってやっぱり顔とか雰囲気が違う。ヘロインを打っている人は、水が体に当たる感触が嫌いだからシャワーを浴びない。だから体臭もキツくなる。

薬漬けになっていたのは、中産階級出身の子がほとんどでした。彼らは親から仕送りをもらえるので、ホームレスにはならないんです。親に電話で「勉強してるから」と嘘を言い、本当は学校に行かずに薬を打ち続けている子が何人もいました。ヘロインを1～2年と続けてやってると、本人も自分の体臭を気にしなくなり、シャワーを浴びないからすごく臭くなる。部屋からものすごい悪臭がするのに、「それを受け入れられないのはあんたが偏狭《へんきょう》だからよ」みたいな屁理屈を言う女の子もいました。彼女はエリート家系の出身で頭はすごく良かったけど、ヘロイン漬けでパンク。コクトーとかアルトーをみんな読破していたっけ。彼女にとっては一種の自傷行為というか、無軌道さの行き着く先が薬物依存だったのかな。僕は薬物の気配がすると、その場所には二度と近づかなかった。

ジョン・ライドンやSex Pistolsがアジテートしていた先には、市民による直接民主制と自己統治といった、左のユートピアみたいなものがあった。だけど実際には、パンクに影響を受けた若者が無軌道になっただけだったんです。

ネット上のヘイト

では、今の時代の社会に対する不満や怒りはどこへ向かうのか。現代は、インターネットを使えば誰もが匿名で野放図《のほうず》に悪意を発信し、排他的なことをやり、自分が考えている「悪者」を攻撃できるようになりました。悪意を送る先はさまざまで、トランプの悪口を言う人もいれば、ヒラリー・クリントンの悪口を言う人もいます。日本では「アベ死ね」みたいなことを言う人もいれば、「中国人は出て行け」とヘイトを振りまく人もいる。この状況は、ウェブと結びついたポピュリズムの源泉になっています。

何でも自由に表現し、匿名で何でも言えるという状況になると、個人が潜在的な破壊衝動を野放図に解放する。その時、多くの人は「自分にこんな力があったのか」とエンパワーメントされてしまい、「匿名であれば何でも言える」という支配者のような感覚に酔う。その感覚が「自分が悪者を成敗する」というヒロイックな感情に横流れしていき、やがて全体主義や国家への帰属意識などにスライドする。この現象を見ていると、どの方向からでも帰属心を満たすことによって個の尊厳を超え、国家やイデオロギーの尊厳に帰依《きえ》してしまう可能性があることが分かります。

インターネットは、「Windows」が商業利用され始め、まだ大学院レベルの人しか使えなかった90年代半ば頃までは、すごく革新的、進歩的でリベラル、左翼的な場でした。ところが、日本では2000年頃に「2ちゃんねる」が出てきたことで、みんなが最大限に野放図で、際限なく悪意をぶつけ合っていい場になり、結果的に右傾化してしまった。

ネット上の排外ナショナリズムや日本のコリアンヘイト、欧米のオルト・ライトの多様性に対する憎悪には、「やっちゃいけないことをやっている」という快楽原則がついてきます。それは、気に入らない相手を揶揄するためのアスキーアートとかクソコラとか、欧米だと「カエルのペペ（Pepe the Frog）」などのミームを使った悪ノリや冗談が一般的です。ネット上のヘイトには、必ず娯楽の要素が入っている。つまり他人を傷つけるユーモアで、社会で人と人とが共存するためのルールそのものを破って遊んでいるわけです。

例えるなら「ここに物を置かないでください」という注意書きの前に堂々と物を置いて「ざまあみろ」的な感覚ですね。チンピラは、自分の車を明らかに駐車禁止の所に停めて、お巡りさんが「ここに停めないでください」と言いに来たら、「なんや、こらぁ？　文句あんのか？」といきがる。そんな風にわざとやってはいけないことをして、「自分は無法者で、法の外にいる」とアピールしたいんだけど、そのチンピラは、自分が住むヤクザの世界の中では絶対的に服従しなきゃいけないボスがいて、自由じゃない。むしろ法の中にいるカタギの人よりもっと不自由に生きている……そういうジレンマに近いものが、ネット上のヘイトにもあるのかもしれないですね。

スポーツの熱狂もまた然り

「自分が他人に攻撃的になったら、因果応報《いんがおうほう》で結局は自分に返ってくる」という哲学や世界観を持っていれば、もっとエコロジカルにバランスよく、自分が主張するときと相手に譲るときには「利己主義と利他主義」をバランスよく見極めて、お互いに助け合う世の中に持っていこうとなるはずなんです。そういうバランス感覚がそもそものフィロソフィーとしてあればいいんだけど、匿名になることで発散できる破壊的な衝動が思春期の快楽と結びついた場合、そんな深い洞察はなかなかできないものです。

例えば今、「何をやっているんだこいつは！　許せない！」といって誰かをTwitter上で袋叩きにしたり、みんなで特定の会社にクレームを入れたりという集団行動が頻繁に起こります。他人のツイートをＲＴして「このバカが！」と一言言い添える瞬間は、自分が上に立った気になれるし、気持ち良くなれる。これこそが群集心理であり、ポピュリズムです。イデオロギーは右から来ている場合と左から来ている場合があるけど、無自覚に「倫理的なポルノ」に飛びついて、自分を内省していないという構造は一緒です。

集団行動に踊らされる人は内省のクッションが全然なくなっていて、アメリカの大統領選やBrexit（欧州連合からのイギリス脱退）は、そのクッションがなくなったところにたまたまロシアが付け込んだから起こったと僕は分析しています。フェイクニュースをみんなで気持ち良くシェアしまくって、Facebookでも検索エンジンのアルゴリズムしかなかったから、フェイクがどんどん上位にいってしまった。みんなが無責任に気持ち良くニュースをシェアすることで自分の無意識を発散できてしまえるのです。

しかし「大群衆が発散している状態＝リベラルで進歩的で博愛」かというと、絶対にそうではない。むしろみんなが気持ち良くなって楽しいとき、怒りをあらわに発散できるときにこそ、排他的で攻撃的でどす黒いものが忍び寄ってくるんです。みんなで盛り上がって熱狂していることに対する警戒心は、ギリシャの哲学者たちが紀元前から抱いていました。ギリシャ、ローマではスポーツの熱狂がそのまま戦意高揚へと政治利用されていたし、ヒトラーもオリンピックを政治利用したし、中国もオリンピックを開催することで超ナショナリズムに火をつけました。

熱狂の中で自分を保てるか

人間には、心の奥や神経細胞の中に快楽装置があるから、そのスイッチを押して、トランス・お祭り状態で「うおーっ」と自分の中にあるエネルギーを解放して、「やっちゃいなよ。You、踊っちゃいなよ」と気持ち良くなったり、日常のグリッドから外れてぶっ飛んでいる楽しさだったりをリリースすることは、生きていく上でもちろん大事だし、宗教的にもそれが神に近づく方法だとは思う。ただ、重要なのは、その熱狂の中で自分を保てるかどうかということです。

例えば、ハードコアな音楽があってモッシュがあって、みんなで同じようなファッション、ユニホームを着ることで帰属心が満たされ、その中で心を許し合えて、「ここではありのままの自分になれる」という心理があります。ところが、どんな場合もそれが仲間内だけで完結すると、非常に偏狭で排外的な群衆のエネルギーへとチューニングされていく危険性があります。いくら素晴らしいムーブメントだからといって、そこにある教義なりイデオロギーに身を任せてしまうと、自分も周りも変質する。

「富を再分配する社会主義こそがすべて」あるいは「戦争反対」ということで団結するとか、ジョン・レノン式のイマジンでフジロックに行って「反安倍、反原発」で盛り上がるという流れだって、その危険性をはらんでいるんです。

アメリカのギャングスタの場合は、白人中心の社会で黒人が経済的にも社会的にも阻害されているから、それに対するアンチテーゼでエコノミーをつくり、麻薬で儲けた金を黒人コミュニティーに還元して、「俺がみんなの面倒を見てるんだ」というのが言い分であり、犯罪の正当化です。でも結局そのコミュニティーの中で起こることといえば、縄張り争いのための若者同士の殺し合い。あとはドラッグが蔓延して、みんな薬漬けになっていく。それでは全然、社会が向上しないんです。ギャングスタの感覚を突き詰めていって、バラク・オバマが生まれるかっていったら、生まれないですよ。

EDMシーンの多様性

では、EDMの熱狂は全体主義へとスライドするのだろうか。EDMはいろんな国の人たちがスターになっている。歌詞は英語だけど単純なフレーズの繰り返しがほとんどだから、さまざまな国で受け入れられやすい。つまり作り手も聴き手も多国籍で、多様性がある。オーディエンスの男女バランスも良いので偏《かたよ》った男尊女卑《だんそんじょひ》にもならず、シーンを牽引する側にLGBTがいたりする。だから、今のEDMを取り巻く環境は多様性が多様性を生むという、とてもいい状況です。

理由として、フランス出身のデヴィッド・ゲッタやスウェーデン出身のアヴィーチーをはじめ、人気DJの大多数がヨーロッパの人というのも大きい。ダンス・ミュージックのシーン自体がEU的なんです。と同時にEUの異端児である極右政党「国民戦線」のようにはならずにすんでいる。今のところはね。

ただ先ほど言ったように、この多様な中からよりハードコアで、男の子ばかりがつるんでアイデンティファイするジャンルが生まれ、そこではレイシズムが一般化するといった動きは、今後出てくるかもしれません。例えば、アメリカのメタルのようにだんだんと白人オンリーの音楽になっていくと、シーンの中には白人の男の子しかいなくなり、自然にレイシズムの温床へとドリフトしていくかもしれない。もしくは、このEDMやダブステップといったジャンルが進歩的なまま、多様性の極みまで行き着いたとき、付いていけなくなった人たちが反動的に「最初から最後まで自分の国の言葉で歌おう」とか言ってナショナルな音楽を求めるようになるかもしれない。

日本では小室サウンド以降のJ-POPの歌詞は、サビのところで「ウォウ、ウォウ、フォー・エバー」といった和製英語を歌うことが定番化している。しかし「そういうものは文化侵略だ！　日本語を下に置いている！」という風に反発する若者がある時急に増えたとしたら、どうだろう？　「最初から最後まで日本語で歌おう。着るものも和服で行こう。これが大和魂だ」みたいな反動が起きるという可能性もなくはない。

日本は他国と接していないガラパゴス環境なので、「隣の国のやつらが気に入らないからフーリガンになって喧嘩する」ということがない。だから、日本ではフランスの「国民戦線」のような政治運動は、にわかには起きづらいんです。もし純和風に染めようという反動的な音楽ムーブメントがあったとしても、「初音《はつね》ミク」みたいにローカルな現象で終わる可能性が高い。2ちゃんねるスレッドの住民同士で大盛り上がりをして、そのうち賞味期限が来て消える、といったイメージ。「ムネオハウス」が盛り上がった時のように、ひたすら1つのネタを自己消費して騒ぐとかね。

そもそも政治を理解していないと、政治のパロディーを試みても表面的な風刺を超えず、政治的な影響力を持ち得ない。日本の音楽シーンには、そもそもそういった社会性や政治性の視点が圧倒的に欠けています。

アメリカのＥＤＭシーンには、スティーヴ・アオキという超大物ＤＪがいます。彼は日系人だけど、日本社会からは彼のような世界的な存在感のある大物は出てきていません。やはり英語が分からないと言語でのコミュニケーションが取れないから、世界中の皆がどういう話をしているかが分からず、純粋に音だけをSoundCloudで聴いて、フォルムをなぞるだけになってしまう。それぞれの音が、どういう社会背景や音楽的な進化の過程から生まれたかというコンテクストが全然把握されていない。サウンドの構造をなぞって、その改良系を作るような受け身の姿勢で「輸入」だけしている。でもそれってソニーがラジオを小型化していた時のマインドのままなんだよなぁ。

見当違いな「クールジャパン」

日本の文化には、個人の主体性を重んじるところがないんです。例えば、ダブステップのチャートに「日本人でも、これぐらいは作れます」というクオリティでランキング入りする人もいる。けど、ダブステップのシーン全体を牽引して、変えていくだけのブライアン・イーノ的な音を創造できる、ゼロから作り出す底力を持ったアーティストが、日本では育ちにくいのです。

そもそも日本には「人と違う音を作りましょう」という文化があまりない。だから僕自身がこれからその一人にならなくてはならない、という使命感を持っています。年齢は皆よりも上なんだけど、細野晴臣《ほそのはるおみ》さんがYMOを結成した時に、他のメンバーよりちょっと年上だったみたいな感じで、頑張ろうっと。

なぜ日本にはインディビジュアリズム（個人主義）がないのだろう。なぜ日本で世界クラスの前衛や、世界に影響を与える文化などが生まれないのだろう。アニメがたまたま、偶発的に外から面白がられてはいる。それも翻訳で失われた断層の中で。「世界のアキハバラ」と言っても、そもそもアキバが積極的に言語を英語化して、世界に向けてカルチャーとして打ち出したわけではないし、「クールジャパン」構想で後乗りした政府がアニメ業界のお荷物になった印象があります。

例えばイギリスでは、観光誘致に積極的な政府がクラブ・カルチャーを後押しして、UK発のドラムンベースが世界中に広まったという流れがありますが、クールジャパンはそれとは全然違います。クールジャパンよりは、K-POPや韓流のほうがよほど自国政府の戦略と一体化している（個人的な好みでは、韓流は「やめてくでー」と思うほど退屈だけど）。日本でも韓流は代理店やテレビが仕掛けて大ヒットしたけど、利益率がいいものだから押し付けすぎた結果、「嫌韓流」がネットから湧き上がってしまった。

内に閉じるオタクカルチャー

そもそも日本のアニメシーン自体から、あまり外向きのエネルギーを感じないんです。インドア派というか、自分が好きなものを部外者とそれほど共有したくないというか、「自分の中へ、中へ」という内向きの目線を持っているように感じます。例えば、アニメとダブステップを大々的にコラボさせて、スクリレックスの曲に全編アニメの映像をつける、というように世界が広がらないんです。

むしろダブステップのスターたちが、アイコンとしてアニメっぽいアクセサリーを身に着けて、それが間接的に流行るということのほうが多い。でも、それもミームだったり、ネタだったりする。日本のアニメ作家が積極的に対流を起こしていないように思えます。つまり自分たちの知らないジャンルの人とコラボしたり合体しようという意欲が、アニメ・ワールドの中に感じられない。ピコ太郎《たろう》のほうが、よっぽど外向きに練られていますよね。

例えば、最初から世界中の観客に向けて、アラビア語、中国語、英語を含めた多言語で発表した日本のアニメ作品があったとしたら、それは世界をマーケットに見定めたK-POP的な売り方だと思います。世界に通じるテーマで作品を組み立てようと思った場合、それこそパレスチナ問題を画力がある日本の漫画家や才能のあるアニメ作家がえぐって描いたら最高に面白いと思うんだけど、そんな脚本を書ける人が日本にはいないと思う。日本の脚本家たちが世界のことを分かっていない上、英語の記事が読めないし、そもそも海外の出来事に興味がないから。ジャンルも学園ものとか、ラブコメ、ロボットもの、ゲームといったお約束に固定してしまっている。やっぱり内に閉じる傾向があるなぁ。

僕はそこに日本文化が抱えてきた弱さを見てしまいます。内向き、ガラパゴス。たまたまキティちゃんが海外でウケた。後付けで政府がお金を積んだ。企業が宣伝費を上乗せした。まぐれを狙った乱れ撃ちの連続。こんな風に、クールジャパンには根本的な戦略がないような気がします。日本文化の数々の断片が、何でありがたがられてるのかを自分たちで理解しておらず、

「なんか、外人がいっぱい来て並んでるんだけど。何だろう?」と、ぽかんとしている。

「海外でウケるもの」=「カウンターカルチャー(主流の文化に対する補完、あるいは対抗する文化)」じゃないんです。そもそも日本のアニメクリエイターたちは、カウンターカルチャーとして作品を作っていない。「アンダーグラウンドだったものがメインストリームにのし上がっていって、世界クラスになる」という野望を、日本のクリエイターたちは持ってないんじゃないかな。作家も持ってないし、ファンもそういうことを望んでいない。「外国で日本が認められた。やっぱり日本最高!」というナショナリズムに火がついて満たされ、そこで終わってしまう人が多い。もしかしたら、僕がそういう野心的なアニメ作品を知らないだけかもしれないけど。間違っていたら、教えてね。

スクリレックスの「Purple Lamborghini」

ダブステップの世界では、大物アーティストに憧れた世界中のキッズが音楽ソフト「MASSIVE」を使って、「どうすればスクリレックスの音に近づけるか」というチュートリアル動画をYouTubeで1人当たり何時間も、のべ何百万回も見ていて、もうそれだけで「スクリレックスに近づきたいYouTubeユーザー」という一つのシーンが出来上がっています。皆がやっと似たような音を出せるノウハウを共有し始めた頃、スクリレックスは別のジャンル（トラップ）へと移ってしまったように、彼のサウンドの進化の速さがシーン全体を盛り上げているところもあります。シーンをリードするというのは、彼みたいに「自分の手の内を全部公開しちゃって、ジャンルや人種の壁を越えて、すごいものを作ってやろうぜ！」という、シェアの精神を率先《そっせん》して見せていくことなんです。

ダブステップでは、ヒップホップとのコラボが進んで久しいのですが、2016年にリリースされたスクリレックスの「Purple Lamborghini」という最高にかっこいい曲があります。この曲ではスクリレックスが黒人ラッパーのリック・ロスとコラボしていますが、その曲のミュージック・ビデオが面白い（YouTubeで観ることができます）。

このビデオには、映画『スーサイド・スクワッド』（2016年）の出演者である俳優のジャレッド・レトが出ているのですが、映像では彼とリック・ロスの迫力が圧倒的で、スクリレックスはほとんど存在感がありません。そもそもリック・ロスは巨漢のギャングスタ・ラッパーだから（小柄でオタクっぽい外見のスクリレックスもそこに並んではいるんだけど）、体のシルエットも含めて存在感は絶対的に強い。だけど面白いのは、リック・ロスの存在感は圧倒的なんだけど、「スクリレックスと合体したときが別次元ですごい」ということです。

人種や属性を超えたコラボレーション

「Purple Lamborghini」に感銘を受けた僕は、リック・ロスがスクリレックスとコラボする前の過去のラップ動画を20本近くYouTubeで観ましたが、どの曲もほぼ同じで、つまらない。以前の彼はギャングスタ・ラップのサブ・ディレクトリでしかなかったので、決まったフォーマットの中で「俺はすげーぞ」と主張しているだけ。黒人スラムの中でボスになりたいんだけど、似たような競争相手がいっぱいいる、ワン・オブ・ゼムだった。

ところがスクリレックスとコラボした途端、マジックが起きてぱーんと存在が際立った。これはスクリレックスの才能がすごいから。彼は音響のビジョンを持っていて、それを明確に打ち出している。スクリレックスの存在感が音に集約されているので、ビジュアルがなくても音楽だけで勝負できている。

さらにこの曲の何がすごいって、「黒人と白人」のコラボというだけでなく、「ギャングスタとギーク（オタク）」のコラボでもあるところです（日本だとここが「両方外人だし、違いが分からない」みたいになるのが悔しいんだけど）。お互いが人種や属性の壁を越えたことによって、両方のカッコよさが最大限に引き出されている。そのシナジーを前面に押し出してヒットさせたからすごい。

内気で女の子に声をかけるのも億劫な、アニメ・ゲーム好き日本男子は、このビデオを観て「スクリレックスすげえ！　俺もやってやる！」という力を得てほしい。ただやっぱり、社会がどう変動しているかということを英語のソーシャルメディアや報道を通じて理解できていないと、目の前に転がっているチャンスを認識できないからなあ。だから日本のギーク野郎どもの機会損失が哀しいほどに著《いちじる》しい。あー、もったいない……。

言語の壁を越えた「向こう側」へ

言語の壁を越え、異文化を理解し、咀嚼《そしゃく》して初めて「向こう側」に抜けられる。「リック・ロスとスクリレックスがくっつくなんてすごい！」というインパクトを解釈できるような文化の前景と背景、つまり「奥行き」を知っていれば、いくらでも「こっちに新しい世界が広がっている！」という、自分の目の前にある可能性に気がつくことができるのです。知ってしまったら、もうやるしかない。ソーシャルメディアのポピュリズム、潔癖な政権批判やヘイト、排外主義なんかよりも楽しいことが、世の中にはいーっぱいあるんだよ。

文脈を知らず、なんとなく「今はこういう音が流行っているんだな」と感じるだけだと、本当にもったいない。その音の輪郭だけを模倣し、再構築し、最後にアニメの声優さんのサンプリングを乗っけて終わり、になってしまう。テクノやハウス、ユーロビートが流行りだした90年代に、それらのビートやグルーヴを拝借して日本語の歌を載せてJ-POPになったように、輸入した音楽を日本式の味付けに変換するだけになっちゃったら、あまりに惜しい。

日本の若いアーティストには、日本の音楽業界を素通りして、最初から「Beatport」（DJ向けの音源配信サイト）のチャートに食い込む人もいる。素晴らしい。ただ、問題はその先。日本を一度も出たことがないまま、周りの友達と楽しくやって完結している純粋な若者はたくさんいる。その中には僕が見て「ああ、才能あるなー」と思う人もいる。ただ、せっかく横溢しているその才能を、スクリレックス級にバンプアップ、いやピンプアップするためのイデオロギーというか、精神の覚醒が起きていない気がするんです。日本で活動するにしても、日本と世界の文化を共に深く知って、旅もいっぱいした上で「あえて日本に戻ってきてローカルでやる」ということを強みにしてほしい。それをやっている人が、あまりに少ない。親から受け継いだ昭和のムラ社会がそのまま頭の中で温存されていて、クエスチョンされていないんです。

スクリレックスの表現力には、カウンターの精神が入っています。やはり親から格差を受け継いだり、自分の日常に「これは間違っている」と思うことがたくさんあると、それに対するカウンターが自然に音楽にも入ってくるわけですね。純粋な政治イデオロギーではないにせよ、体制へのクエスチョンは随所にちりばめられているんです。

クラブで「真面目に遊ぶ」人たち

クラブで遊んでいる日本人の多くは、若い人も含めて「土曜日、日曜日に楽しくはじけて、月曜日から真面目に仕事に行こう」という、けじめをしっかりつけています。皆さん、遊び方が真面目そのものですね。社会の規範に対して従順で、クラブは踊って憂さ晴らしをしたり酔っ払ったりナンパする場。楽しいのはいい。でもその楽しさが、クラブから日常へと逆流はしない。社会の主流にクラブの価値観を持ち込もうとする人は、まずいないでしょう。

日常のルールからはみ出したワルい子であっても、「こっそり大麻を吸えばいい」という感じで、抜け道マップを共有し合って満足している。「大麻を合法化しろ、どこがいけねえんだ！」と本気で社会を変える努力はせず、現在の法律をクエスチョンするプッシュバックもしない。お巡りさんと仲がいい善良な市民で、職質を受けたら「ああ、はいはい」と従って、「なんで僕を職質するんですか？」という逆の問いかけはしない。

確かに余計なことを言うと怪しまれるし、めんどうくさくなる。だから職質を早めにやり過ごすためには従順なほうがいい。だけどそこが問題で、イデオロギーが不在なんです。

日本の場合、カウンターカルチャーとか反体制のイデオロギーは、60年代の左翼陣営でしか育ちませんでした。その後、その「反体制」がアップグレードされてないのが大問題。リベラルがいなくて、右翼と左翼しかいない。

もっといろいろなイデオロギーがあるはずなのに、メニューの品数が圧倒的に少ないんです。

リベラルがいないと、フジロックが共産党に近づくことはあっても、本当に世の中に影響を持つ文化的な発信、つまりカウンターカルチャーが起こらない。日本のロックの力で沖縄の米軍基地がなくなるなんて、本当に思えますか？

今の日本でEDMを聴いている20歳ぐらいの子たちは、20年前（90年代末）の20歳と同じぐらい政治に関心がありません。会話の中にトランプの名前はもちろん出てこないし、安倍も、北朝鮮も出てこない。最近の北朝鮮情勢にしても、「ミサイル怖いなあ」といった薄いネタでしかないんですよ。「こうやってうちらが遊んでる間に戦争になったらどうするんだろうね？あはは」みたいな、遠い感じで話している。

それは悪いことではないし、僕の世代も同じだった。子どもらしく牧歌的で純粋な楽園がそこにはあるんだけど、その自分たちの純粋さをエネルギーに変えていって、「大人の社会を変えよう、新しいものを生み出していこう」とはならない。そんな自信、そもそもないよね。結果、カウンターカルチャーではなくサブカルチャーへ。それもローマ時代に迫害されたキリスト教徒たちが地下の礼拝場で共有していたような弱いサブカルチャーというか、「大人の社会では価値が認められない趣味的なもの、あるいはフェティッシュを仲間同士で共有できて楽しいね」というカタコンベ式になる。「天下を取ってやる！」という勢いは感じられないですね。

日本の若い子たちは、野心の芽を摘まれちゃってるんじゃないかな。英語が分からない、世界の動きを知らないっていうハンデが、そこにも引っ掛かってくる。海外では同じ年齢の子たちがいくらでも面白い形で動いているのにね。

自分と同じ世代が世界中で面白い潮流を起こして、世の中の価値観や仕組みに変化をもたらしてるんだから、「自分もやるしかない！」という覚醒をしてほしいと僕は思います。日本の若者は、そこら辺が無知によってすこーんと抜け落ちてる気がするんです。

日本に新たな潮流が生まれる日

ではどうしたらいいのか。それは、ラジオや本を通してモーリーの話をひたすら聴き続け、読み続けて基礎教養を身に付け、ダブステップを聴いてぶっ飛ぶというフォーミュラが、覚醒への一番のカクテルだと思います。それがこの本の意図するところです。

感覚をフルに解放する、酩酊したり、恍惚としたり、「いぇーい！」と盛り上がる祭りの状態になることと、冷徹な知性を持って自分を見つめ、知らないことを謙虚に知りたいと思い基礎から学び直そうとする姿勢。つまり「攻め」と「謙虚さ」。この両輪があって初めて、若い皆さんは覚醒する。

ちょうど僕が矢沢永吉《やざわえいきち》さんの著書『成りあがり』（角川文庫）を15歳のときに読んで、ものすごい衝撃を受け、彼のゴーストライターをしていた糸井《いとい》重里《しげさと》氏の話術に見事に引っ掛かって「うぉー、ロックだ!」とギンギンになった、あの感覚。それが40年後の今、コピペされるように、若い子たちがこの本を読んでギンギンになり、英語を勉強して国際時事を知って、ダブステップやその先に出てくる新しい音楽を聴きまくる。英語と国際時事とダブステップという3点セットのどれも、上の世代にはできないことばかりなんです。発想が柔軟で時間がたっぷりないと旅に出られないからね。

モーリーのメッセージで覚醒していろいろと暴れたら、「大人ができないことをやっている」という快楽、優越感も得ることができるじゃないですか。

第5章

扉の向こうへ

——自分の目で世界を見つめてみよう

中国にあるぶっ飛んだ癒やし

「旅をする」ということはどういうことでしょうか。一度も外国を旅したことがないのに、「日本が一番！」と言ってのけてしまう日本人もいますよね。

以前、「アメリカが大好きでアメリカには何度も旅行したことがあるけど、韓国や中国には絶対に行きたくない」という人と話をしたことがあります。理由を聞くと「だって嫌じゃないですか？　あの国の人達、いつも怒ってるじゃないですか」と言っていました。でもそれは、喜怒哀楽を隠したほうがインセンティブのある日本とは違って、喜怒哀楽をはっきりさせるのが韓国や中国ではいいことだからなんです。その代わり、喜びや愛情表現もはっきりしている。

お店でも、誰が列の先かで怒鳴り合ったり、泣いたり、お客さんがスタッフと罵り合いになって、最後は「悔しい！」と泣いたりすることもある。中国の内陸だともっとカオスで、鉄道へ乗るのも並ばずに、一斉に押しのけ合っておしくらまんじゅうみたいになります。もう本当にでたらめ。

行ったこともない中国のことを「大嫌い！」とか「ん〜、ちょっと汚そう」とか、抱いているイメージは何でもいいんですが、そういうことを言う人にこそ、田舎も含めてとことん中国を旅してみてほしいんです。内陸に行けば行くほど、まともなトイレもないし衛生観念は日本のそれとは全く違ってくる。でも、日本にはないぶっ飛んだ癒やしがあるし、食べ物のうまさたるやエクストリームです。

中国の西にある「ウイグル自治区」に入ると羊が増えてきます。田舎の羊肉のすごさは筆舌《ひつぜつ》に尽くし難い。くそ暑い中、市場にぶら下がってハエが群がってる羊肉の塊があります。現地のウイグル人は、群がっているハエを払ってそれをそのまま焼くんですが、こっちが「やばいじゃん。ハエが卵を産んでてウジがいるかも」と心配しても、「え？　火を通すから大丈夫だよ。ひっくり返して、ちゃんと両面焼いてあげるからさ」と、全く気にしていない。そして、その肉が信じられないほど美味しい。

さらに、大型の羊の腎臓を何等分かに切って串刺しで食べたことがありますが、あれを食べた時の「やった、世界の果てに来た！」という達成感はすごかったです。一緒に飲んだ花茶と羊肉の油のこってり感とが相まって、マジでぶっ飛んだ。この食文化が、中央アジアからヨーロッパの端っこのトルコにまで、遊牧民たちによって広まっている。ウイグル料理は漢族の間でも人気があるので、北京にもあります。

自分の住んでいる世界だけが現実ではない

旅慣れていて、途上国や治安の悪い国を知っている人は、日本に帰ってくると異様な印象を受けていると思います。「何だよみんな、きちんとして。ガラスも割れてないじゃん。泥棒も強盗もいないし、ストリートチルドレンや物乞いもいない。何だろうな」と。僕はこの日本の豊かさや、清潔さ、治安の良さは本当に紙一重で、いつなくなってもおかしくない、という視線を持つと「普通」のありがたみも分かるし、そこに自由さがあると思うんです。要は、常識とか公序良俗《こうじょりょうぞく》、合法的な世界と、裏社会の視点の両方を持っているほうが、心の中の想像力も柔軟で自由になり、今、目の前にある現実以外の現実が何通りも見えてくるんです。

常識からはみ出る体験を五感全体で受け止めると、「自分の住んでいる世界だけが現実じゃないんだな」ということが分かるようになります。例えばすごくいい絵画や演劇、映画、小説、写真でもいいから、その作品から得た感動をきっかけに自分の中の何かが開いて、その作品が別世界のレンズになることにも近いかな。レッドブルが翼を与えてくれるように、今までは想像もできなかった世界を感じることができるようになるのです。

平均値じゃないリスクを選んで冒険した経験からは、ちゃんとその冒険に見合った知見が得られます。宗教や哲学、芸術、旅などから得られる最初のプライマー、チャヤッカマン、点火してくれる最初のスパークを手に入れられるでしょう。

自分が住んでいる世界は、実は狭い。でも、それを狭《せば》めているのは誰なんだろう？　と考えると、親のせいとか社会のせい、時代のせいなど、原因はいろいろあると思いますが、突き詰めると原因は自分自身であることが多いんです。大人になると「何を買って、何を買わないか」とか「どこに行って、どこに行かないか」を自由に選べるようになりますが、そんなずる賢さや自己規律を身につけた大人こそ、自由に生きるべきだと僕は思うんです。

稲妻に打たれるような感動の境地に至ったことがあるか

今の時代は、テレビを作っている側が視聴者の知性を侮辱している。その状態に慣れてしまうと、テレビがばかの製造マシンになってしまうし、自分が本来できたかもしれない冒険を、「やらないほうが得だ」と思い込むようになってしまう。「旅？ 冒険？ 何それ、そもそもやる意味が分からないんですけど」くらい消極的になる。ひたすらリスクを避けて回る自分の要領の良さに優越感すら感じる。そうこうしているうちに存在自体が湿ったマッチのようになってしまって、「ここで絶対自分に火をつけなきゃいけない」というときに全く着火しなくなるよ。

非日常を知らない真面目な人たちが、いくら右や左の正義を振りかざしても僕の心には刺さってこない。個人としての知見を得てぶっ飛んだことのない人の言葉に、感動なんてできないから。

ぶっ飛ぶきっかけは何だっていいんです。『ウッドストック』でジミ・ヘンドリックスがやった最高のパフォーマンスを観た、でもいいし、（僕は観たことないけど）ミュージカルの『キャッツ』を観てぶっ飛んだとか、『サウスパーク』の一番強烈でタブーな回を観て、その笑いを共有できたとか、龍安寺の石庭で死ぬほど感動したとか。

天地がひっくり返るような、稲妻に打たれたような境地に至ったことがあるだろうか。人は、感動によってそれ以前の自分には戻れなくなる。それは、1回死んで生まれ変わることに等しい。だから、人生が変わるほどの感動には怖さもあるんです。でもその生死ぎりぎりの部分、生まれ変わる痛み、それが分かると真実を目の当《ま》たり《あた》にする。そしてその真実は自分だけのものだから、それを糧《かて》にすれば、群れない「個人」でいられるんです。

強い感動の瞬間というのは(オーガズムも強烈な恍惚状態もそうだけど)、ある種、丸裸の自分の魂が体から抜け出る瞬間です。そういう法悦《ほうえつ》(仏教用語。恍惚とする状態)は、やはりマスで広く共有できる「公序良俗」とは違う。むしろどんなルールにもハマらないやばい状態、狂気の一種なんです。やっぱり楽しいってそういうこと。やばいこと、すれすれのことのほうが楽しいんですよ。

本当に才能を持っている匠《たくみ》な人が、そのすれすれっぷりを、素晴らしい踊りだったり料理だったり、建築でもインテリアでも、フラワー・アレンジメントでも社会活動でもいいんだけど、何らかの形で表現してくれると、尊敬を感じると同時に、ぶっ飛び具合に共感する。それを「アゲ感」と呼ぶ人もいるし、「美意識」と呼ぶ人もいます。人間には、そういうビジョン、幸せの追求が必要だと思うんです。

僕は今の日本を問題視はしているけど全否定はしていないし、むしろその甘い汁を吸って、テレビに出て「そろそろ紫色《パープル》のランボルギーニに乗りたいな」とか言っている（車の免許を持っていないけど）。クイズ番組に出れば「漢字をものすごく知っている外人」と大騒ぎされる。それも僕の一つの側面ではあるけれども、もっと共有したいものがある。「本当の僕」を分かってもらえないまま、「みんなが見たい僕」がカプチーノの泡のようにふわふわと、実体より大きくなって、もてはやされる……そんなバブルなフェイムの中で快適に暮らしてもいい。だけど、やっぱり僕はそれじゃつまらない。もっとみんなが面白いものに目覚めてほしいんです。

自分のポエムを持つこと

自分の頭で考えずに他人に言われたことをそのまま鵜呑みにする人は、自分のポエムを持っていない。例えばナチスドイツは、もちろん絶対悪です。ホロコーストを肯定するネオナチの論理展開もありますが、あれはアルカイダのシンパが言う「イスラエルがやった悪いことに比べたら、9・11は大したことない」という理屈に近いもので、英語で言う「Whataboutism（＝どっちもどっち論）」という詭弁の代表選手です。

ナチスは絶対悪で、ホロコーストは二度とあってはならない。原爆投下は二度とあってはならない。ノーモア広島・長崎。日本の他国への侵略や虐殺、軍国主義を繰り返してはならない……もちろんそのとおりです。だけどそれらの主張を、籠の中の鳥のように疑わずに生きていると何が起こるか？　「なぜそうなのか？」という問いに全く答えられなくなるのです。

ドイツ社会が犯した歴史的な過ちを、結果だけ取り上げてなじったり、戦前の日本も悪かったんだと責めたりするような、「とにかく戦争は悪！」という結論への導き方は、自分の手を汚さずにできる一番簡単な批判です。自分は安全な籠の中にいて、チューハイ片手にテレビを観ながらヤジを飛ばしているような状態。そのテレビの映像が編集済みで、放送されていない出来事や考え方もあるということを知らずに。

そうやって常に他人事として捉えるのと、「自分が当事者だったらどうするか？」という想像力や視点を持つことは、同じ「戦争反対、ナチスは悪」という結論に至ったとしても全くパースペクティブが変わってくる。

自分がもしヒトラーの参謀だったら、ゲッベルスに取り入って、お気に入りになるために頑張っていたかもしれない。知り合いを「あいつはユダヤ人です」と突き出して、ゲシュタポにかわいがられることを喜んでいたかもしれない。そういう人間のリアルな姿から目をそらさず、自分の中にある闇の部分や、「おれ自身もばかだな」という弱さを知っておくことで、『天声人語』の文体みたいにキレイキレイな観点から偉そうに批判することが、恥ずかしくなるでしょう。

魔物は常に自分の中にいる。それに気づかないふりをして潔癖に暮らしていても、何かのきっかけで「自分はもう駄目だ。周りの人がみんな出世していくのに、自分には彼女もいない。だからナイフでみんなを刺すんだ」となるかもしれない。もちろんみんながみんなそうなるとは限りませんが、良識に縛られて、誰も入ってこない小さな部屋の中をぐるぐる回り、4つの角の隅々まで小さな汚れを気にしてぴかぴかにしているような人は、圧力釜のようなプレッシャーにどんどん押しつぶされていくんです。

一般的に、社会に不安要素が増えてきたときには、常識からはみ出した「悪」を生真面目に排除して、良い行いで公序良俗を取り戻したいという心理が働きます。世論は「今までの政治や法律じゃ駄目だ。もっと強い、例えば通信傍受をして、悪いやつらを事前に監視しなきゃいけない」という方向に動いてしまう。そのときに「いや、通信傍受をやると共謀罪が成り立つから反対」と疑義を呈する人も当然いますが、でもそれではもう1つの公序良俗を提示するだけで、「第三の道」を提示できてない。だから僕にとっては説得力がないんです。

「カウンター＝単純な権力の否定」ではない

公序良俗は、実は全体主義的な傾向や、潔癖、排外、そして破滅的な群集心理、戦争を望む心理につながっていきます。どの戦争も「自存自衛のため」という大義名分がある。あるいは「外から悪い侵略者が来る」または「危険な存在が自分たちの中にいる」……そんな風にたきつけられて、みんなが緩やかに何年かかけて戦争を望む集団心理に乗っていってしまうのです。

実際にヒトラーは民主的な選挙で選ばれているし、アメリカではケネディがベトナム戦争を始めて、LBJ（リンドン・ジョンソン）が継続してニクソンが終結させましたが、この間、政府の力が強大になっていって、大人たちはどんどん戦争継続の方向に投票したんです。なぜなら当時のアメリカ人は「そうしないと、コミュニスト（共産主義者、つまりソ連）がアメリカを侵略する」と本気で信じていたから（今になってみると、結構ばかばかしい冷戦パラノイアです）。

おしなべて、冷戦期の第2次大戦終結からソビエト解体までのアメリカの世論は、共和党とメディアに煽られたパラノイアが中心なんです。「ソ連のスパイは誰だ？　あなたの隣にいる人が、もしかしたらスパイかもしれない」という時代に育った人たちが大人になった時、自分の子どもたち世代が、髪を伸ばして反戦運動をしてマリファナやLSDでフリーセックスをやっている姿を見て、「これはアメリカを堕落させるためにソ連が仕掛けた罠に違いない」と思い込みました。

当時の若者たちは反戦運動もマリファナもフリーセックスも、博愛的行動としてやっていました。一部、本当に「ソ連のほうが正しい」と思ってテロをやった「Weathermen」という極左団体もいたので、過激派はゼロではなかったようですが、大多数は「黒人にも権利を与える博愛的な社会のどこがいけないんだ。なんで黒人を差別するんだ。ジャズやソウルのほうが白人の音楽より上だ」と考え、白人なのにブルースバンドでロックをやって、それがイギリスにも波及することでローリング・ストーンズやビートルズのロックンロールになったわけです。でも、ほとんどの大人がそれを共有できなかった。彼らの発想は、公序良俗という籠の中から出てこられなかったのです。

その時にアメリカで生まれたのが「カウンターカルチャー」という考え方です。カウンターというのは、単純な権力の否定ではありません。世の中をカルト的に否定して、「この世は邪悪で汚れている。だからオウムに入って上九一色村《かみくいしきむら》に行き、サリンを使って一般の人をやっつけよう、そしてオウムの王国をつくろう」という棲み分けでもない。要は、今、普通に暮らしている人たちに「これ以外の選択肢があるんだよ」ということを提案し、対話することで、説得する。つまり、僕がこの本でやりたいことがそれなんです。

ドイツの「やってみよう精神」に学ぶ

近年、ドイツで実際に起きている「フードシェアリング」というムーブメントがあります。これは、知らない人とシェアできる冷蔵庫を街中に設置した「Airbnb」ならぬ「Air冷蔵庫」

のこと。余った賞味期限内の食べ物を、「捨てるにはもったいない」ということで、その冷蔵庫にプールして、欲しい人が持って帰れるというシステムです。もちろん貧しい人に食べ物を渡すこともできるけど、どちらかというと、「大根をたくさん持っている人がそれをシェアする代わりにヨーグルトをもらいに行く」というような、物々交換の場として使われています。

地元の保健所が、「危険だからやめてくれ。衛生コントロールされてないし、誰かが毒物を入れたらどうするんだ」と言っても「ちゃんとインターネットで管理し合ってるから大丈夫」と反論するドイツ人。人々は冷蔵庫に無駄なものがない快感を知ってしまったため、フードシェアリングが急速に拡大してるそうです。

今の日本では絶対「フードシェアリング」はできないでしょう。例えばよく知らない人に「納豆の3個パックを買って1個食べたんだけど、あと2つ余ってるの。賞味期限2日前のものだけど要る？」と言われたら、日本人はそこで「なんか変なもんでも入れてたらどうするんだ」と考えてしまうはず。

このドイツの運動は、エコロジーとしては潔癖ですが「知らない人が置いていった食べ物を口に入れたくない」というような日本的な潔癖さはありません。すごく大味ですが、僕はこの話を聞いてほのぼのと豊かな気持ちになったんです。

ドイツが日本と違うのは、日本式の「転ばぬ先の杖」ではなくて、「とにかくやってみよう」

という精神です。フードシェアだってもしかして、狂った誰かが「猫いらず（殺鼠剤《さっそざい》）」を入れたりするかもしれないけど、そのリスクを承知の上で「やってみよう精神」がある。社会の動きがダイナミックで素敵だなと思うんです。

もしかしたらファシズムも、やってみよう精神だったのかもしれません。その結果、ヒトラーのホロコーストに乗ってしまったわけですが……。

メルケル首相は「ドイツは昔ホロコーストをやった側だから、人道的にシリア難民を入れます」と宣言し、移民や難民をどんどん受け入れたけれど、そのうち難民が増えすぎて、あちこちで軋轢が生まれるようになったので、最近は歯切れが悪くなったりしている。そんな行きすぎたリベラルな顔とは間逆な、強烈な「移民・難民受け入れ反対運動」も起きているけどね。

受験英語は世界中のどこでも通用しない

これは20年前の話ですが、日本の税理士事務所に勤めているアメリカ人から、こんなエピソードを聞きました。

あるとても暑い日、彼が電車に乗っていた時のことです。車内はすごく暑いのに、誰も電車の窓を開けようとしない。「窓を開ければ涼しくなることは分かっているんだけど、それに反対する人がいたらどうしよう」という感じで、窓を開けることを皆躊躇《ちゅうちょ》している。結果、みんなで暑さを我慢しまくっていた中、耐えられなくなった彼が窓を開けたら、みんながすっきりした顔になって「窓を開けてくれてありがとう」と言ったそうです。彼は「何なんだ？　この国民性は。なんでこの人たちは自分から動けないいんだ？」と言っていました。

暑いと思っていて、それを解決する手段が分かっていても、「ヘタに行動を起こして目立ったり非難されたりしたら嫌だから、とりあえず自分の降りる駅まで我慢すればいい」という集団主義に陥っている。このエピソードが僕の中での日本人の象徴的行動です。

それにしても、日本には「意味がないと分かっているのにやめられないこと」が多すぎる気がします。その代表例に、「受験英語」というシステムがあります。日本の高校で教えられている受験英語なんて、世界のどの国に行っても使えませんからね。「これは日本人だけがテスト専用にやっている、全く無意味な英語もどきなんだ」ということを知らずに勉強をしている人は今でもいるんでしょうか。

実際に家庭の中で英語を使っている僕が、高校の時の教師に「これ、おかしいし、退屈だからやめましょうよ」と言っても、受験全盛期の教師は「そういう訳にはいかない」と自信満々で言い返してきました。つまり「おまえの意見はどうでもいい、受験というシステムが大事なんだ」ということなんです。それって超全体主義だし、どう考えても理不尽なわけです。

英語が話せる帰国子女は、ほぼ例外なく「受験英語は意味がない。こんなもの、やめればいい」と思うわけですが、やめられない。「やめるためには手続きが必要だ。まず文部科学省でこれこれをやらなきゃいけなくて、そのためには国会の審議や調査委員会が必要で、英語の教育改正にまつわるナニが必要で、そのためには選挙で……」などと言い出してしまう。

現場の先生は指導要領に反して処分されるのが怖いから反乱を起こさない。iTunes で英語の Podcast を聴かせて、生徒に自習させたほうがよっぽど早いのに、まともな英語をしゃべれない先生が一生懸命、片仮名発音の英語でカツカツと黒板に例文を書き続ける。これって、おかしいでしょ？ それが日本社会の矛盾を象徴しているんです。

「旺文社《おうぶんしゃ》模試」の英語で、上位１００位の子たちをイギリスやアメリカに放り込んでも、まともに英語を話せないはずです。むしろテストの点が低くてもコミュニケーション能力が高い子のほうが、オーガニックに体で覚えて、日々英会話がうまくなっていくものです。でも、受験英語はその事実を絶対に認めない。採点基準が決まっていて、それが学習塾や教育機関の利権になっているから。永久機関のように変わることができず、日本は国際社会の中でどんどん置き去りにされ、駄目になっていく。それを僕は外と中の両方、いや、横から「そんな無理をしなくても、他に単純な方法があるんじゃない？」という視点で見ているわけです。

でも、この考え方は広がりませんでした。いわゆる帰国子女やインターナショナルスクールに通ったことのある人の多くは、僕のようにわざわざ苦労して日本の制度をハッキングしようとは思わないんです。僕の時代は特に「日本の高校は受験があって難しいから、とりあえずイージーなインターナショナルスクールで楽しくやって、そのままアメリカの州立大学とかに推薦で入ればいい」という、チャレンジから逃げてしまうような考え方が一般的だったと認識しています。

だから日米の深い部分での架け橋になる人間の数はとても少なかったんです。今はもっとマシになっているといいな。

「日本語で覚える英語」のパラドックス

日本は旧来の集団主義的な教育方針で、ソニーに代表される半導体の時代はうまくいっていました。しかし基礎研究はやらず、欧米からのパクリを元に細部を改良し、商品を安く上げ、「燃費がいい」とか「クオリティー・コントロールが高い」ということを武器に、市場に食い込んでいった、その時代の成功体験の真っただ中に築き上げられたシステムから、多くの人が抜け出せなくなってしまった。特に、僕の同年代の人たちは一生かけて、そこにはもうない「理想的なアメリカ」の背中に追い付こうとしている。

今の50代の人たちは、過去30年の間に受験英語的なパラダイムを抜け出して、海外を放浪するチャンスが何度でもあったはずなんです。でも、9割の人はやっていない。今の今になって「移民は嫌だ」とか「議員の不倫は許せない」とかワイドショー的なことで一喜一憂しているのはもったいない。

僕の場合は、幸運にも英語をしゃべれるのに、その俺様の一流の英語は否定されて「世界のどこに行っても通用しない受験英語に直しなさい」という無茶を押し付けられた。学校にいくら掛け合っても、学校側は「おまえは分かっていないんだな。かわいそうに。この受験英語の中で一番上に行くこと、それこそが最高峰なんだ」と言わんばかりに、杓子定規《しゃくしじょうぎ》で官僚的に門前払いされた。

こういうことを子どもの頃に体験したのは、僕にとってとても重要でした。籠から追い出されたのか、籠に押し込められたのかよく分からないけど、「世の中のルールなんてデタラメばかり。社会で正しいとされていることは、環境が変われば意味がなくなる。テストで100点満点とされていることのほとんどは、ばかばかしくて何の意味もない幻想なんだ」ということを、少年時代に身をもって知ってしまったわけです。

僕は仕方ないので戦術を変更し、意味のない受験英語を「勉強」して積極的に覚えることにしました。結果、前置詞、過去形、未来形、過去分詞形……そういう日本語で覚える英語を、小ばかにしてジョークのように言えるようになった。「be動詞の活用形はこれで、theとaの違いはこうで……」と日本語で説明できるようになると、周りの大人たちが「よく勉強してるね」と納得するんです。僕は「本物の英語」を知っているけど、「普通に最初から英語で考えようよ」と言うとみんな嫌がるから、ただの「説得材料」として受験英語の用語を使っただけ。真面目に勉強するいい子を演じながら、内心で「こんなやり方じゃ一生、英語をマスターできないのに……」と思っていた。

自分で活路を見出して受験戦争で勝ったことは、「価値観を全部ひっくり返す」という少年期の成功体験でもありました。受験システムへのハッキングを通して「動かせない巨大なものでも、必ずどこかに隙間がある。それを見つければこっちの正義が最後には通るものなんだ」ということを学習したんです。日本の「動かせないルール」というものは、ただのアプリオリであり、タブーなんです。会社で、なぜ毎日やるのか誰も分からない長い長い会議に対して「これは無意味じゃないですか？　何のために会議をやっているんですか？」とクエスチョンしてはいけない。みんな下を向いて、「とりあえずやり過ごせばいい」と黙っているから、議論できないタブーであり続ける。その繰り返し。

僕はそういった「間違っているけど誰も動かせない、ディベートしてはいけないルール」の数々と対決し続けてきたという自負があります。だからこそ、日本国内での大麻解禁に向けた議論の必要性を投げかけたとき、万人が僕に「大麻に関する議論なんて、日本では必要ない。そんなことを言い出すなら日本から出て行け」と言っても、「いや、ちゃんと現実を見て、冷静に議論しようよ」と返せるようになった。僕が沈黙を破れば、それに続く人たちも発言しやすくなり、徐々に議論の窓が開かれると信じています。

魂を揺さぶられるような人物との出会い

過去30年間の自身のキャリアを振り返ってみると、何度かヒットした時期があります。文藝春秋から自叙伝を出して5万部売れた時。90年代にラジオとテレビでヒットした時。その都度経済的に急上昇をしたんですが、その度に手にしたものを虚しく感じて、「要らねえ、こんなもの。こんなものに縛られるぐらいだったら自由になろう」と言って手放してきました。

東大合格なり金持ちになるなり、僕にはみんなが求めているものの価値基準がおかしいという大前提があったので、そこで成功することも陳腐《ちんぷ》でつまらないものだと思ってしまい、成功の果実を口に入れてもあまり美味しくなかった。そんな距離感や違和感と付き合いながらずっとやってきたところがあります。とはいえいい時ばかりでもなく、1998年にラジオ出演を辞めた後、世の中の不況が深まったので、僕自身も経済的なクラッシュを散々経験しました。でもそれで消えてしまわず、今こうしてまたテレビに出演したり本を書いたりして再度浮上しているのも不思議な話です。

何かを学ぶときには、謙虚さが大事です。僕はこうして自分の体験を書いていますが、「モーリーのフォーミュラを盗んでしまえば、僕も楽に自由になれる」という考え方はやめたほうがいい。ルール・ナンバー・ワンとしての謙虚さが必要なんです。つまりこの本を読んで「俺もやってやる！」となった時に、「モーリーが持っていて、俺が持ってないものは何なんだ」ということを謙虚に考えることが、変革への第一歩です。

僕の場合はジョン・ケージと会話をし、ハーバードではイワン・チェレプニンという電子音楽の大家に弟子入りをしました。その他にもオルタナティブな魔術の先生に師事したり、黒人の語り部にも一夏、付いて回ったりもしました。

「これは本物だ」という人に出会うと、とにかく食い下がったんです。追い付けないぐらいすごい人のすぐ近くにいき、アシスタントになるなりして、「なぜその人が偉大なのか」をとくと味わうという経験は大事です。偉人たちの存在感やオーラは、もう毛穴から入ってきますから。

そんな人たちを目の前にした時、小ざかしく「こいつの技を盗んで、俺が名声を奪ってやる」なんてことは絶対に思えないはずです。ジョン・ケージと会話した時、僕はまだ20歳で、ケージは70代半ばだったはずです。彼は静かな口調で語るんだけど、ものすごい波動が伝わってくる。そこにいるだけですごかった。本物は違う。

ケージに出会う前まで、僕の中ではYMOが「神」でした。ハーバードで電子音楽を勉強し始めたのも「いつかは日本に帰って、YMOの末端で一緒にシンセをイジっている、かっこいい軍団の1人に加わりたい」という思いがあったからなんです。でもケージを目の前にすると、「坂本《さかもと》龍一《りゅういち》はただのアイドル。もうこれでＹＭＯファンは卒業だ」と思ってしまった。それほどまでにケージの存在感はすごかったんです。魂を揺さぶられるような人物との出会いがあると、世界観が変わります。

Merce does the cooking, and I do the dishes.

ジョン・ケージやイワン・チェレプニンに出会った時、あまりに偉大すぎて、「この人たちには一生かけても絶対に追い付けない」という劣等感がありました。と同時に、絶対にアプローチできない、近づけない、追い越せない、勝てる気がしない相手の中にも結構、弱い部分があることにも気づきました。性格の弱さとか、その人が社会の主流から疎外されたり傷ついたりしている姿が見えたりする。でも彼らは、自分の正の部分も負の部分も、光と影を全部、表現の素材にしている。すべてがインスピレーションの源泉になっているんです。そして、それらの神々しいインスピレーションは、彼らの日々の地味な努力の積み重ねに裏付けされていることも分かりました。

ジョン・ケージは生涯、社会主義者、進歩派、あるいは同性愛者ということで、当時のアメリカではカミングアウトできないほど非合法な領域にいました。ケージはマース・カニングハムというダンサーと同居していて、今で言う事実婚ですが、それは当時のアメリカではタブーで、公言できなかったんです。

1990年、バークレー市というサンフランシスコの隣街（アメリカの中で最もゲイにオープンな街の一つ）にあるカリフォルニア大学バークレー校で、マース・カニングハムとケージが並んで講演会をやったことがありました。当時、2人とも相当にご高齢だったので、椅子に座って足を組んだままのトーク・セッションとなったのですが、最後の質疑応答になった時、見るからにゲイ・ライツの活動家っぽい大学生がずばり「What is your relationship?（あなたとマースさんの関係は何ですか？）」と聞いたんです。聴衆はみんな、「おおっ、それを聞くのか!?」と驚きました。同性愛がアメリカのメインストリームではまだタブーだった頃の話です。彼らが自分たちの関係をその場で認めるのかどうかという瞬間を、僕は現場で見ていました。

今でも覚えていますが、ジョン・ケージの答えは「Merce does the cooking, and I do the dishes.（マースが料理を作って、僕が皿を洗う関係です）」だった。

会場に大拍手がわき起こり、僕もその時に「すごい！」と感動したんです。偉大な音楽家であっても、セクシャリティーで世間に否定されたくないから、カミングアウトせずに一生を過ごすこともできたはずです。でも、あれだけの名声があって、失うものも多い人がそこまで言った。ケージはそれ以上具体的なことを言わなかったけど、その一言が深く響いたんです。この回答は小粋に伝わるものだったし、それを理解できるオーディエンスだったから、「いいな、この世界は」と思えたんです。「やるときはやるんだ」というその体験が自分の勇気になった。

彼の一言がのちの人たちのために扉を開いたし、そこにいた若いアーティストたちが勇気を受け取った。あからさまに「はい、私はゲイです」と言ったらまずい時代だったけど、質問されたから、ケージは逃げずに答えたんです。「同性愛を認めない」という社会のシステムと直接闘うことすら厳しい状況の中、ケージは美しいポエムという形で答えを提示してくれたのです。

僕の場合は、行き場のない10代の頃に、受験のシステムをハッキングすることで活路を見出した。つまり「周囲がどんなに困難な状況でも、自分次第で希望はいつもそこにあるんだ」という話で完結したいと思います。

おわりに——窒息ニッポン、それでも希望はある

日本の一番大きな問題は、大人たちが変われなくなっていること。そして同時に、あらゆる手段で変わることから逃げていることです。このままだと明るい未来は期待できず、「日が沈む国」となりかねない。そんな中で一個人ができることはたくさんある。ありすぎる。しかし社会の価値観や権力のシステムが五十肩のように固まっていて、先に人と違うことをやった人間の個性やひらめきを認めるどころか、「列に戻れ！」とひたすら叩くことばかりにリソースが費やされているのです。

日本、ガチガチです。窒息ニッポン。いや、「チーム窒息」は首絞めオナニーの上級者編をいっています。このまま終着駅に向かって進み、減速し、陰気な声で「日本\(^o^)/オワタ-日本\(^o^)/オワター」とアナウンスされることでしょう。政治や大企業、大メディア、あらゆる大きな力にいくら期待しても、日本の危機に対して新しい針路を示してくれるようなチームはもう出現しません。日本式の組織運営がすでに行き詰まり、それぞれの沈みかけた船の中で上層部にいる人間たちがだけが、最後まで生き残れるように小細工を続けているのです。定年を1日でも伸ばそうとするおじいさんたちが、まだ生まれぬ子らの未来を悪魔に売り渡しています。

では野党に、市民運動に、国会前のデモに何か期待できるのかというと、残念ながら、全くできません。「主流あっての傍流」に甘えきっているから、この日本の政界にバーニー・サンダーズは生まれない。日本の音楽界にシュトックハウゼンも生まれないでしょう。舶来品の表面的なそっくりさんは何人でも生まれるけど、中から真新しい発想で打ち出す人間がそもそも、この日本では歓迎されないのだから。それでは、自分をちょっとでも信じられる人間はどうすればいいの？

最初の解脱の突破口は、集団ではなく自分自身に問いかけを行うことです。政治や企業に「みんなで圧力をかけて動かそう」の「みんな」という主体の中に、最も不寛容で独善的な劣情が溜まっているのです。哀しいことにその膿はもう出てこない。「世の中が間違っているから変える」という考え方がすでに駄目。そこには失望と憤懣《ふんまん》と八つ当たりがパンパンに詰まっているからです。

全体の状況を変えるには、一人一人が自分自身の中に大いなるチェンジのきっかけを見出していくしかありません。まずは、自分自身が持つ素晴らしさに目覚めよ。同時に他の人間が一人ずつ持っている花の美しさも見よ。呪縛された人に優しい気持ちで接して話を聞いてあげれば、新しい道がそこからすっと開けることもあります。最終的に大事なのは真心で、「自分が好きなことは理屈抜きで好きだ」という揺るぎない確信。これを「目覚め」と人は呼ぶのです。

目覚めた先にはグリッドから抜け落ちた、あるがままの現実があり、その風景の中に本当の自分があるのです。名刺の肩書以前の自分、テストでの評価以前の自分、日本全国ランキングの順位とは関係のない自分。才能、美貌、年齢その他で識別されない、言ってみれば生まれる前の自分がそこにいる。前立腺のような、松果体《しょうかたい》のような、Gスポットのようなところに自身の魂があることを知れば、その奥の奥につながって新たなフローを見つけることができるでしょう。

心と体はつながっています。感情や感受性を解放すれば身体のエネルギーが湧き、場合によってはプラセボ効果で病気が治ってしまうこともある。また、体の気の流れをヨガなどさまざまな技法で日々律することができれば、最適化へとチューニングすることができ、隠れた痛みや不調によって思考が左右される度合いも少なくなる。要するに心身ともに軽やかになるのです。体が本来持っている自浄作用や躍動する機能が普通に動いていれば、そこから自然と美貌や才能も後押しされ、モテモテになり、多分セックスもいっぱいできるでしょう。しかもただ数多く、鬼畜のようにセックスをして回るのではなく、粒選《つぶよ》りのいいセックスだぞ、と言っておきたい。

僕が推奨したいのは、要するに北欧型ＱＯＬ（クオリティ・オブ・ライフ）の追求です。具体的には、ノルウェーにアイスランド、デンマークなどで（すぐ近くに旧ソ連のエストニアとかもあるけど)、それらの国々では、たまーに捕鯨したりアザラシの肉を食ったりする生涯若々しい大人たちが、お花満載の街角で出会っては、夜な夜なキャンドルライトに照らされながらエッチなことをしているらしい。昼間は男女同じ時間で短めに、しかし生産力高く働くなんて、ユートピアじゃないか？　そこに行ったこともないけれど。

若い人が、あるいは心が若々しい人が今からできることは、この日本でもあまたある。逆説的ですが、この硬直した日本だからこそ、あちこちにちょろい仕事で金銭が思い切り入ってくるレベニューチャンスがたくさんあるのです。過去の手堅い先達《せんだつ》たちが残した備蓄、つまり埋蔵金と考えてもいいけど、そこに食い込んで資金をこしらえ、世界中を旅することをおヌヌメします。

旅をするなら、まずは近いところで韓国、中国、次いで東南アジアへ行ってみましょう。さらにアメリカ、西ヨーロッパへも行き、そこからは北アフリカや南アジアなどに踏み込んでみてもいいでしょう。ただし途上国に行けば行くほど紛争地帯が増え、格差もひどいから、先進国の観光客は狙われます。危機に対応する能力を徐々に旅の中でビルドアップしてから臨むのが賢いやり方です。まあ、「イスラム国」に接触して人質に取られ、ネットで公開処刑されるのも劇的で名を残す生き方ではありますが。１０００万回観られる最期。

旅をしてすぐに分かるのが、当たり前だけど英語がいかに大切かということです。でも日本はあまりにガラパゴスなので、何があっても英語を使わずにすむ道が編み出されている。そのマトリックスから抜け出し、頑張って日々英語を使うと、案外分かってくるようになるものです。英語の語彙《ごい》や文法だけではなく、コミュニケーションのスキルそのものが異文化との交流で磨かれていくのです。

また、観光客以上の深さで、訪れた各地に接していきたい。テーマを決めていろいろな場所を回り、場合によっては取材もする。その国の音楽や建築、歴史にアンテナを立てる。こんなことを言うとなんだかファッション誌の編集長になる人間の履歴書を埋めていっているようだけど、ファッション誌の編集長でも経営コンサルタントでも、なんでもやればいい。要するに「せっかく生きているのだから、世界に食い込んでみろ」と言いたいのです。

そしてとっても大切なのが、神秘体験でぶっ飛ぶこと。第六感をネコのヒゲのように敏感にし、チャクラを開けば「向こう側」が見えてくる。でもカルトの狂った信者になるリスクもあるし、ただぼーっとゲストハウスに沈没し続ける無計画なクズと化してしまう危険性もあるので、そこはオウンリスクで。

一人で旅をする中、寂しさとの付き合いが一番大切な宝になります。寂しさから逃げて適当にそこら辺で出会った人間と小さな閉じたサークルの中に潜ってしまうと、よろしくない結果が待ち受けているものです。松本零士《まつもとれいじ》氏が描く「メーテル」のように、哀しい目で微笑んでいる、秘密多き君であってほしい。

いや、もうなんで生き方を変えないのか。この本を読み終えたあとでまだ逡巡しているなんて、こっちが信じられない。これでまだ「自分の今までの幸せを捨てたら、どういういいことがあるのかを説明してください」なんて言っているようなら、もういい。今すぐUターン、Iターンして元の洞穴に戻っていいよ。『サザエさん』の世界に住めて良かったね。

最後に、全身全霊で己を見つけ、自分に与えられた宇宙の使命を全《まっと》うせんと欲する者に告ぐ。あなたは自分を誇らしく思うべきです。それはあなたが数少ない人間だからで、あなたが呼びかけの声を聞き、それに答えて一歩前に出たからです。神への恐れを忘れるな。いったん選ばれたあなたを神は愛するが、その後の背信は許さない。「この辺でもう妥協していいだろう」そんな気持ちで振り返った途端、あなたは塩の柱と化すでしょう。

前に進むからには、ここからはすべてあなたの自己責任となります。国も助けてはくれません。しかしあなたが行き倒れたとき、きっと善意ある人が無償であなたを救ってくれるでしょう。あなたもこの世界の全体を救うべく、目を覚ましてほしい。チベットやウイグルの人たちもあなたの助けを必要としているし、大麻合法化もあなたの強い気持ちにかかっているのです。

日本はもっともっと踊っていい。今のあなたの存在には幾多の犠牲も愛情も注がれているのだから。この世界が光に満ちるのは、あなたの中の扉が開かれたときに他ならない。全部が自分で、自分が全部。愛がファックで、ファックが愛。

さあ、立て。立つんだ、ジョー！

モーリー・ロバートソン

Morley Robertson

1963年、ニューヨーク生まれ。アメリカと日本を行き来しながら日米双方の教育を受け、1981年に東京大学とハーバード大学に同時合格。東京大学を1学期で退学し、ハーバード大学に入学。ハーバード大学では電子音楽を専攻し、アナログ・シンセサイザーの世界的な権威であるイワン・チェレプニン氏に師事。1984年に初の著書『よくひとりぼっちだった』(文藝春秋)がベストセラーになった。1988年にハーバード大学を卒業したのち、日本に渡りラジオパーソナリティとしてのキャリアを経て、現在は国際ジャーナリスト／DJ／ミュージシャンとして精力的に活動中。近著に『挑発的ニッポン革命論 煽動の時代を生き抜け』(集英社)がある。

「悪くあれ!」

窒息ニッポン、自由に生きる思考法

発行日　2017年12月18日　第1刷発行

著者　モーリー・ロバートソン

編集・構成　三浦修一(スモールライト)
編集　池田有希子/寺口竜太(Office Morley)
装丁　鈴木利幸+廣田 順(united lounge tokyo)
編集協力　中村孝司+室井順子(スモールライト)
校正　芳賀恵子
営業　藤井敏之(スモールライト)
制作進行　天野高志(UM/Office Morley)
カバー写真　下村一喜

発行者　中村孝司
発行所　スモール出版
〒164-0003 東京都中野区東中野1-57-8 辻沢ビル地下1階
株式会社スモールライト
電話　03-5338-2360
FAX　03-5338-2361
e-mail　books@small-light.com
URL　http://www.small-light.com/books/
振替　00120-3-392156

印刷・製本　中央精版印刷株式会社

定価はカバーに表示してあります。
乱丁・落丁(本の頁の抜け落ちや順序の間違い)の場合は、小社販売宛にお送りください。送料は小社負担でお取り替えいたします。

Printed in Japan
ISBN978-4-905158-51-6